述往

述往事，思来者

米粮库胡同往事

吴雅山　著

北京出版集团公司
北 京 出 版 社

图书在版编目（CIP）数据

米粮库胡同往事 / 吴雅山著 . — 北京 ：北京出版社，2018. 5

ISBN 978 - 7 - 200 - 13483 - 4

Ⅰ. ①米… Ⅱ. ①吴… Ⅲ. ①散文集—中国—当代 Ⅳ. ①I267

中国版本图书馆 CIP 数据核字(2017)第 267020 号

总 策 划　安　　东　杨良志
责任编辑　司徒剑萍　魏晋茹
责任印制　宋　　超
封面设计　田晗工作室

米粮库胡同往事
MILIANGKU HUTONG WANGSHI
吴雅山　著
*
北京出版集团公司
北京出版社　出版
（北京北三环中路 6 号）
邮政编码：100120
网　址：www. bph. com. cn
北京出版集团公司总发行
新华书店经销
北京华联印刷有限公司印刷
*
880 毫米 ×1230 毫米　32 开本　9 印张　170 千字
2018 年 5 月第 1 版　2018 年 5 月第 1 次印刷
ISBN 978 - 7 - 200 - 13483 - 4
定价：48. 00 元
如有印装质量问题，由本社负责调换
质量监督电话：010 - 58572393

目　录

下篇　群英荟萃米粮库

引子

熟悉老北京的人都知道，位于地安门内大街的米粮库胡同，在北京南北中轴线上，最多就是一个点缀，并没有让人觉得那么知名，更谈不上是重要景观。但深入其中，仔细咂摸，方发现这条胡同的价值所在。要细说米粮库胡同，自然绕不开地安门。

地安门是元大都皇城最北端的城门，1954年，因有碍交通被拆除。地安门虽已“名存实亡”，但周边的街道和胡同格局并没有大的改变。离地安门南边不远，有条不起眼儿的米粮库胡同，明代称之为米盐库，属内官监，清代改称米粮库。也就是说，这里早年间是皇宫的粮库；库址就设在景山之北，穿过景山便是皇宫，运粮颇为近便。

辛亥革命爆发后，清帝溥仪宣布退位，米粮库的作用逐渐消失。皇亲国戚均已断了俸禄，皇粮您就更甭惦记了。再以后，“粮库”里无粮，便将“库”改造为民居，并定名为米粮库胡同。或许原本是“粮库”留下的底子，在改造为民居以后，这里不仅院落宽敞，房屋高大，而且房前屋后，花繁叶茂，花园菜地皆而有之。如此，皇城脚下的米粮库“社区”逐渐享誉京城。

随着近年来北京旅游的不断增温，距离米粮库胡同不远的南锣鼓巷、什刹海荷花市场名声大震，游人如织。其中不少游客也按图索骥，寻找至米粮库胡同一探究竟，以满足好奇心。

如果是初来乍到，步入米粮库胡同东口，您会感觉这条胡同虽很宽阔，但不太长，直通通的也就300来米，且胡同北面灰墙矗立，显得有些单调乏味、平淡无奇。其实，您只要沿着胡同耐心走到头，再向南拐，则进入一条宽不过2米的小巷；继续行走十几米后转向西，眼前豁然开朗，周边不仅有小门小户的住家，且路南就是米粮库小学校门。之后，您再沿着胡同继续西行，向北拐弯后再向西，循着熙攘之声便与南北走向、被誉为最具有“明朝老胡同风骨”的恭俭胡同汇合了。

在米粮库胡同中行走，您可尽情感受北京胡同的魅力。在张弛有序的布局中，其院落间、胡同间在“拐弯抹角”之中，合理有机，默契相连。自新中国成立至今，米粮库胡同的总体建筑格局并无大的改变，多是“缝缝补补”或“小打小闹”的改建或翻建，很少有动静较大的土木工程。

倘若您再刨根问底，还可获知，如今灰墙矗立的地界，历史上既不是王府花园，也不是皇亲国戚的府邸，而是清末举人、曾官费留洋日本的民国政府官员陈宗蕃的私宅。如今，百十来年过去，陈家私宅早已被“肢解”，且伴随着社会的动荡变迁，住户更迭，原有私宅早已面目全非。

总之，要想把米粮库胡同“往事”的来龙去脉梳理清楚，还得从地安门的根子上说起。

学者郭京宁在其著作《穿越皇城》中写道：“书中的故事源自皇城，作者是它自己——我不过是个记录者。”

这话讲得好。

上篇

与米粮库胡同有关的人和物

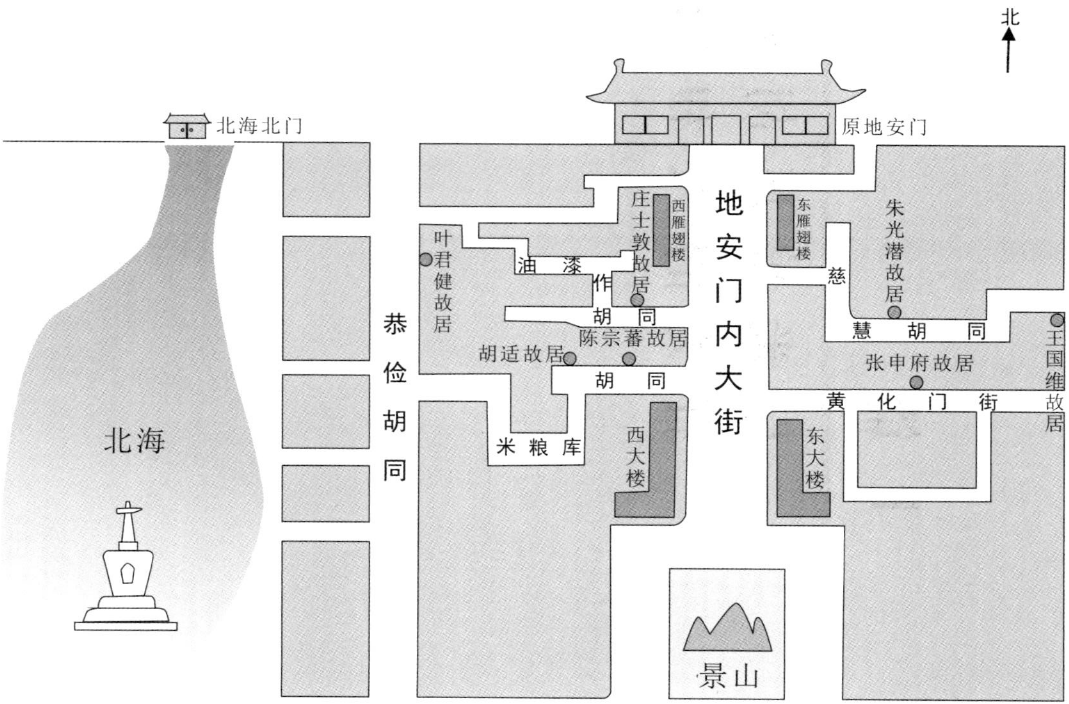
北
北海北门
原地安门
地安门内大街
北海
恭俭胡同
叶君健故居
油漆作胡同
庄士敦故居
西雁翅楼
东雁翅楼
朱光潜故居
慈慧胡同
王国维故居
张申府故居
黄化门街
陈宗蕃故居
胡适故居
胡同
米粮库
西大楼
东大楼
景山
米粮库胡同示意图

一、皇城的北大门——地安门

地安门是北京皇城四门之一，也是中轴线上重要的标志性建筑之一，其址在元明两代为“厚载红门”。出了地安门，就是中轴线的北端钟鼓楼。在地安门内大街以东，分别排列着安乐堂胡同、慈慧胡同、黄化门街等；在其路西有西楼巷、油漆作胡同及米粮库胡同等。这些胡同名称的产生，多因历史上内官监署的遗存而延伸为街巷名称。

虽说自民国以后，皇城墙的命运就是被“拆”，但留下了北京城区街巷名称。地安门则最为“霸道”，东西南北大街均以“地安门”命名，足见它在百姓心中的分量。无论何时，只要提起地安门来，总有着说不完的故事，诉不尽的沧桑。

1900年，八国联军侵华，日本军队由朝阳门攻入北京城，之后一路烧杀占据了鼓楼。侵略者们清楚地知道，只要再攻破地安门，便可直捣皇宫，甚至幻想能一睹慈禧老佛爷的寝宫。然而，令日本军队没有想到的是，他们在地安门遇到了中国军队的顽强阻击。

日本侵略者低估了地安门在历史上的作用，同时也低

20世纪40年代的地安门

估了中国军人的血性。地安门是皇城的北门，历史上皇帝北上出征巡视、亲祭地坛诸神、去颐和园游玩踏青等，多从地安门出入。此时面对外国侵略者，为了国家的命运、为了慈禧太后和光绪帝的安全，荣禄统领的皇城护军，用血肉之躯在地安门以南设置了一道不可逾越的防线，为光绪帝和慈禧太后的“出逃”赢得了时间。

著名史学家金启孮的外祖父额勒贺，当年是荣禄部下的营官，奉命率兵守卫地安门。在《金启孮谈北京的满族》一书中，作者写道：“日本兵都爬在地安门大街两边的铺面房上向下射击。我军却暴露在地安门前，就这样和敌军鏖战一天。后来敌军用大炮把地安门轰塌（后又重新修建），我外祖父的乘马也被打死，才步行率军队退却。这一战主要是阻止日军入宫，不让他们发现慈禧太后和光绪皇帝已经出走。在这方面他完成了预定任务。”

著名作家老舍之父舒永寿系正红旗护军，他就是在破城后的巷战中以身殉职的。老舍的夫人胡絜青回忆说，老舍的父亲就死在南长街的一家粮店里。舅舅家的二哥回来报的信，这个二哥也是旗兵，就是小说《正红旗下》中那位多才多艺的二哥福海。他败下阵来，路过那家粮店，进去找点水喝，正巧遇见了老舍的父亲。老舍父亲身上的火药被八国联军的烧夷弹打燃，全身被烧肿，于是便自己爬到这家粮店等死。二哥看见他的时候，他已不能说话，遍身焦黑，只把一双因脚肿而脱下的布袜子交给了二哥。后来，老舍父亲小小的衣冠冢中埋葬的就是这双袜子。这时，老舍还不足两岁。

有文字记载，当时，慈禧太后率光绪帝及大阿哥溥儁等，在清晨6点才仓皇决定出逃。“隆裕、瑾妃及大阿哥等一同登车，王公大臣或骑马，或徒步，踉踉跄跄，形成一支千余人的扈从队伍。由景山西街出地安门西行，上午8时出西直门，天忽细雨，从者皆未携雨具，悉被淋透，其状萧索凄苦。”

1. 名人笔下的地安门

早先，地安门在百姓口中还有个俗称——后门，与前门（正阳门的俗称）相对应。早在20世纪30年代，时任北京大学教授的朱光潜，就住在后门内路东的慈慧胡同3号。他撰写的散文《后门大街》，曾发表在《论语》1936年半月刊上。

朱光潜心目中的后门大街是“偏僻，阴暗，湫隘，局促”的，但“它有的是生命和变化”。走在人群中，“我在自己的心腔血管中感觉到这一群人的脉搏的跳动”。所以，朱光潜就常常在后门大街闲逛，这个习惯甚至成了他每日必修的功课。

朱光潜说：“北平的精华可以说全在天安门大街。它的宽大，整洁，辉煌，立刻就会使你觉到它象征一个古国古城的伟大雍容的气象。地安门（后门）大街恰好给它做一个强烈的反衬。它偏僻，阴暗，湫隘，局促，没有一点可以叫一个初来的游人留恋。”但是，因为朱光潜住在地安门内的慈慧胡同，要出去闲逛，走这条街最近便。无论阴晴冷热，朱光潜无日不出门闲逛，一出门“就很机械地走到后门大街”。朱光潜还说道：“它（后门大街）对于我好比一个朋友，虽是平凡无奇，因为天天见面，很熟习，也就变成很亲切了。”朱光潜之所以喜欢在后门大街闲逛，这里离住处近是其次，更为重要的是因为“在后门大街上你准碰不见一个熟人，虽然常见到彼此未通过姓名的熟面孔，也各行其便，用不着打无味的招呼”。

因着对这种“自由而诡秘的意味”的恋念，后门大街成为朱光潜最重要的消遣去处。虽然旗人破落了，后门也破落了，但是“那些破落户的破铜烂铁还不断地送到后门的古玩铺和荒货铺”，所以，不到半里路长的后门大街

民国年间的地安门大街，远景是鼓楼

却有十几家古玩铺和一家旧书店。朱光潜就常常拉上沈从文一起在这里淘宝。他说自己在后门大街逛古玩铺和荒货铺，“心情正如钓鱼。鱼是小事，钓着和期待着有趣，钓得到什么，自然更有趣”。充满了凡夫俗子市井气的后门大街，最富于生命和变化的时候是上灯后，尤其是夏天。朱先生说：“在这种时候，后门大街上准有我；在这种时候，我丢开几十年教育和几千年文化在我身上所加的重压，自自在在地沉没在贤愚一体，皂白不分的人群中，尽量地满足牛要跟牛在一块儿，蚂蚁要跟蚂蚁在一块儿那一种原始的要求。我觉得自己是这一大群人中的一个人，我在我自己的心腔血管中感觉到这一群人的脉搏的跳动。”

清史专家朱家溍，1914年生于北京，是土生土长的北京人，九岁时迁居地安门外的帽儿胡同。他心中的后门就有些历史的纵深感。

朱家溍撰文说："地安门俗称后门，因而（万宁）桥也就随着叫作'后门桥'。这座桥和正阳门五牌楼下的正阳桥、天安门前金水桥、太和门前内金水桥，是同在中轴线上最北的一座大石桥。我少年时还看见这座桥完整的白玉石雕栏，东西两面桥墩上石雕螭状的水兽，伏在闸口俯视着桥下从西往东流的水。"

因为熟悉，更是因为热爱，朱家溍也经常在地安门大街上"闲逛"。他甚至在晚年能依次说出地安门外大街上每家店铺的位置；哪家挨着哪家，哪家店铺的字号和特色。夜深人静时，他常想起老人说的话："别闹了，该睡觉了，鼓楼都打鼓了。"那年月，躺在家中倾听夜空中传来的阵阵鼓声，总觉着心里特别踏实。

余钊在《北京旧事》中写道："根据1934年《北平市商会会员录》记载，从地安门外到钟鼓楼，有参加同业公会的商号137户，以经营粮食、布匹、油盐、干锅杂货、煤炭为主，还有十八家古玩店，主要集中在烟袋斜街（地安门外）。当时北京城里不少八旗贵族家庭没有了俸禄，又没有谋生的技能，靠变卖家传的古玩混日子，古玩店的货物主要来自这些人家。在民国后期，随着王府井、西单等商业区的进一步繁荣，鼓楼一带的商业不如往日那么兴旺了。"

北京史研究者方彪撰文说："拱卫紫禁城的侍卫和亲

军营、护军营官兵大多出入地安门。内务府七司三院的官吏、苏拉也由地安门进出。掌管北京城防、治安、司法、市政的步兵统领衙门位于后门桥东的帽儿胡同。略加统计，活动在后门桥一带的‘八旗官人’有五万人以上。这些都是‘吃皇粮的’，属于‘敢花（钱）的主’。再说，什刹海周边又多王府、官邸，显贵们更是高消费者，所以后门桥一带的商业异常繁荣。”当时，由内城到外城，有正阳门、崇文门、宣武门三个城门洞，而正阳门洞普通人不能通行。所以，交通堵塞早在百十年前就是个大问题。正源于此，地安门外的繁荣也就不足为奇了。

胡适在《丁文江的传记》中写道：“当时北平城里和清华园的一些朋友常常在我家里或在欧美同学会里聚会，常常讨论国家和世界的形势。”俞平伯常从清华南院“秋荔亭”，乘车到后门内米粮库胡同4号胡适家，参加讨论。

依胡适所言，当年从清华园到地安门远近先不说，但最终要想到达目的地——米粮库胡同，地安门则是无论如何也绕不过去的门；那是必经之路，必进之门。后来，清华大学教授叶公超在接受了北大聘任之后，便立即从清华园搬家至地安门西大街，以免遭鞍马劳顿之苦。

2. 皇城墙与米粮库胡同

皇城墙围绕紫禁城而建，沿地安门东西两侧向南延伸至米粮库胡同东口及黄化门街西口。该墙始建于明永乐十八年（1420年），历经多次修缮，现存皇城墙为清代原物。

历史上在地安门东西两侧，还建有东西对称的雁翅楼，它与地安门共同构成老北京皇城最北端的屏障。雁翅楼依东西两侧皇城墙内而建，向南至油漆作胡同东口止。

明代，在地安门内街道两边设立了内官监、尚衣监、司设监等为皇宫服务的后勤供应衙署，居民也多为皇室服务的勤杂人员。清初，这些机构逐渐废弃，勤杂人员便在此落户并以手艺活儿为生。此后，这部分人及其后代在皇

今日米粮库胡同东口的皇城墙

城墙内外建造了大量房屋，一部分成为商住铺面房。民国年间，皇城墙逐渐被房屋遮挡，并最终从人们的视线中“消失”。

1921年4月，京都市政公所招商整修大明濠，由于资金紧张，有人提出用城砖代替钢筋混合土。经过测算，以旧城砖代替钢筋混合土，每丈可节约资金几十元。京都市政公所的主事者们便动起了拆皇城墙的主意……

大明濠是一条贯穿北京西半城的排水沟渠，它是元代郭守敬引昌平白浮泉水入大都的一条重要支系，原名金水河，水枯后成排水渠，改名大明濠。由于“年久失修，河道淤积，成为临近居民丢弃垃圾、排放污水之地，以致逐段堵塞”。于是，京都市政公所“拟定全段改筑暗沟，上修马路”。

拆卖皇城墙事件始于1921年6月2日，西安门以南等处城墙陆续被拆除。1925年1月，拆卖东安门迤北皇城墙砖；同年8月，拆卖地安门以东至东北角宽街以西部分皇城墙砖。

当时居住在米粮库胡同中的陈宗蕃，其私宅“淑园”的东墙恰与皇城墙相连接。为自家院落免遭损坏，也为响应拆卖皇城墙号召，陈宗蕃个人出资买下这段皇城墙。

二、胡同中“藏”着胡同——慈慧胡同

慈慧胡同与米粮库胡同，分列在地安门内大街的路东和路西，有着密不可分的联系。

通常，周边的百姓都将慈慧胡同称为慈慧殿。别看多了一个“殿”而少了“胡同”两个字，却准确地概括了该胡同的历史渊源。据《北京地名典》记载：“……处于明清两朝的皇城之内，清称慈慧殿，因明朝在此建有慈慧殿（全称护国龙泉慈慧禅林）而得名。民国后沿称。1949年称慈慧殿胡同，1965年改称慈慧胡同。”

慈慧胡同有一个特点，那就是胡同中“藏”着胡同——进胡同向北转就是北月牙胡同，向南至尽头则为南月牙胡同，向东直行方为宽敞的慈慧胡同。

1937年，在米粮库胡同居住了14年的陈宗蕃，将自己精心设计建造的“淑园”贱卖后，便迁居至慈慧胡同。之前，早已居住在米粮库胡同的胡适与同人共同创办的《独立评论》也选定慈慧胡同为社址。此外，在北大任教的朱光潜，与有着“中国拜伦”之称的北大法文系主任梁宗岱，也同在慈慧胡同3号内居住。

1．“读诗会”群星灿烂

从1933年7月到1937年7月间，朱光潜一直住在慈慧胡同3号。这里本是清代皇族的院落，除柏树以外，最多的是枣树，还有稀奇的楸树十余棵。无论何时，只要走进胡同，便立刻远离了城市的喧嚣，有时还略显冷寂。

朱光潜入住以后，所做的第一件事就是组织“读诗会”，每月举办一两次。到了约定的日子，3号院里便热闹非凡，风生水起。梁宗岱在法国留学时便“纠缠”着朱光潜，这位喜好斗嘴争辩的老友，如今又找到老朋友做邻居，也平添了几分热闹。重要的是，这个院子很大，客厅也宽敞，使得更多的友人和诵诗的爱好者聚集在一起。每到“读诗会”活动的日子，北平城里包括梁宗岱、冯至、孙大雨、罗念生、周作人、叶公超、废名、卞之琳、何其芳、朱自清、萧乾等二三十位文化人纷纷赶来参加。

在“读诗会”上，朱自清是最起劲的一个。他的兴趣本来就是语文，因此在练习朗诵时，不仅声情并茂，而且细心揣摩每个字的用法，或一句话的讲法；而梁宗岱仍旧不甘寂寞，他和朱光潜围绕着刚性美和柔性美的辩论尤为激烈；何其芳也不闲着，在一旁羞怯地把他的新作《梦后》拿来朗诵，以示大家评说。萧乾为在座精彩的朗诵和议论深深地迷住了，他感到朱光潜家的客厅好似“一座金矿，到处都是闪光的矿石”。

在当时的京派新文化文人聚会中，林徽因“太太的客厅”是一个文化聚会，《大公报·文艺副刊》的聚餐会是约稿会，而朱光潜慈慧胡同3号的读诗会，则是一个更为纯粹的文学沙龙。在京派的形成和京派文学趣味的传播上，“读诗会”具有相当重要的作用。

沈从文回忆说：“北平地方又有了一群新诗人和几个好事者，产生了一个读诗会。这个集会在北平后门朱光潜先生家中按时举行，参加的人实在不少，其组织者朱光潜功不可没。”从此，他与朱光潜成为情趣相投的挚友。

朱光潜因“读诗会”结交了许多朋友，特别是与沈从文的友谊更是因此香醇浓郁，历久弥新。1946年，北大

1933年起，朱光潜在慈慧胡同3号居住了四年

从西南大后方迁回北京。在景山东街中老胡同32号教师宿舍，朱光潜与沈从文又成为邻居，两人交往甚密。每当妻子不在家时，沈从文就到朱光潜家蹭饭。之后，结伴去逛琉璃厂、鼓楼、地安门、隆福寺等处的古董店、旧书店。沈从文爱古董，沉迷于小瓶小罐；朱光潜则钟情于线装旧书。那时，朱光潜的女儿朱世乐因病在家，细心的沈从文每次来都为她带个小礼物，为卧床在家的孩子带来欢欣。

在完成《诗论》初稿之后，朱光潜便于1933年7月从法国马赛乘船返回中国。凭借《诗论》，朱光潜赢得了胡适的青睐。胡适聘请朱光潜为北大教授，并且支持他成为《文学杂志》的主编。他们所组成的京派文学团体，与上海的海派作家分庭抗礼，成为20世纪30年代颇有影响力的文学派别。

1937年的旧历新年，朱光潜大早起就走出家门，过马路进米粮库胡同到胡适家拜年。当时，胡适刚看过曹禺的两部话剧《雷雨》和《日出》。于是，两人就这两部戏剧展开讨论，畅谈各自的观点。随着“七七事变”的爆发，胡适前往美国寻求美援，后来又担任中国驻美大使。朱光潜则先后到四川大学文学院、武汉大学执教。抗战期间，他被介绍加入了国民党。结果，这为他带来不少麻烦。

抗战胜利之后，胡适任北大校长，朱光潜担任北大文学院院长。在国共内战时期，他们两人对很多问题的看法不谋而合。此时的胡适，创办了独立时论社，朱光潜也是独立时论社的社员。

1948年底，随着国民党在国共内战中节节败退，国民党政府开始笼络平津知识分子。在“抢救”名单上，胡适名列首位，朱光潜则名列第三。胡适在其儿子胡思杜坚决不走的情形下，还是选择了离开，而朱光潜则留在了大陆。

朱光潜之所以选择留下，很大一部分原因与他女儿的身体有关。朱光潜的女儿朱世乐回忆说：“当时，我患骨结核，每天被固定在石膏模型里，病得十分厉害。那时候对于那种病也没有特别好的方法，只是用链霉素来治疗，那时候链霉素都是进口的，很难买到，也很贵，一支链霉素相当于一袋白面的价钱。别人说，也就是在我们这样的家庭里，我才能够存活下来，一般人家，得了这种病都医治不起，作为教授，父亲当时的工资是很高的。医生认为，我的身体状况不适合移动。就这样，父亲和母亲想了半天，觉得我的身体不行，受不了旅途的颠簸。”

可以想见当时朱光潜的矛盾心情，面对蒋介石派来接教授离开北平的飞机，他权衡利弊之后，为了自己的女儿选择留下。

留下来的朱光潜，因为跟胡适的关系以及国民党员的身份等问题，在新中国成立初期不得不与胡适划清界限。为了适应新形势，表示“洗心革面”，这一时期的朱光潜，多次写文章批判胡适。

朱光潜与女儿朱世乐

而当时远在美国的胡适，读了朱光潜的批判文章后，笑着说："朱光潜先生的文章写得很好！在那种环境里，他怎能不写？我非常同情他。"

留美学者周策纵写道："1981年，我见到朱先生，我们除了谈到他以前的学生陈世骧教授和一些文艺理论外，我就把胡先生说的话告诉他，问他的感想。他望了望陪我去的那位年轻人，然后低下头来，用十分富于感情的音调说：'你知道吗，我的大半生都在北京大学教书，我如果不到北大来，还不知终生会怎么样了。我到北大就是胡先生尽力介绍来的。'他说到这里就呛住了，沉默了许久，说不出话来。"

在"文革"中，朱光潜吃尽了苦头，有人问他你后悔吗？他回答说：“不后悔。对于自己的事情，如果是你应该负责的，那就没有什么后悔的。”那个时期的朱光潜，自己编了一套太极拳，每天在固定的时间里独自打“太极”。

2. 胡同深处读“马列”

1920年10月，李大钊、张申府、张国焘三人在北京成立共产党早期组织，李大钊为负责人。罗章龙、刘仁静、邓中夏、高君宇、何孟雄、缪伯英、范鸿劼、张太雷等先后加入，成员大多为马克思学说研究会的骨干。之后，李大钊、张申府成为北京中共创始人成员，张申府则成为周恩来入党介绍人。

当时在北大读书的李韶清回忆说：“1923年至1925年，段祺瑞等北洋军阀，内外交困。在北京城内阴风凄厉之时，却出现了一个学习、研究、宣传马克思列宁主义的组织——‘赭庐’，其主要负责人是杜国庠同志。当年我在北京大学念书，间到‘赭庐’去。”

杜国庠（1889—1961年），广东澄海人。他是中国马克思主义哲学家、历史学家，曾在日本留学，是我国较早接触马克思主义学说的学者之一。杜国庠当时在北京大学任教授，讲授“工业政策”“社会政策”等课程。

当时他与李春涛（当时中国大学的教授）、李沧萍（北京大学讲师）在地安门内慈慧胡同南月牙13号租下房子。杜国庠将此屋命名为“赭庐”，并在此学习、研究、宣传马克思主义。来往于此者有彭湃、北京大学著名教授政治系主任周览（即周鲠生，新中国成立后曾任武汉大学校长）、胡锷公（当时为国会议员）等；还有陈公博、陈伯衡等。

“赭庐”内研究马列主义热情极高。主人经常与往来者互相交流马列主义学问至深夜。这些志同道合者编印了几种宣传马列主义新思想的小册子，广为散发（主要编者是杜国庠，经费亦多由他负责）。1924年，他们编印了一本《列宁逝世纪念册》，封面印有列宁照片，印刷达数万册，分送北京各文化机关团体和国内有关方面，“赭庐”因此为人们所注意。“赭庐”同人除编印进步书刊外，还通过成员购买进步书刊，分寄亲友。杜国庠对青年人很是关怀爱护，经常鼓励青年人勤奋钻研科学，为祖国的进步而贡献力量，深受青年人信赖。

1925年，杜国庠与李春涛先后辞去教授职南归广东，杜国庠接任潮州金山中学校长，李春涛则到汕头《岭东民国日报》任社长兼中国国民党汕头特别党部委员（1927年汕头“四一五”血案时被秘密杀害）。其他成员多南返广东，“赭庐”遂告结束。

慈慧寺是中共北平地下党的秘密活动地。有文字记载：“在上世纪30年代初，中共北平地下党还曾以慈慧寺（位于北月牙胡同11号）作为秘密活动的据点。当时地下工作者郭家安、李葆华、苏啸中、李星华等先后在寺中居住过，也有不少同志来此接头、开会。”此地也是地下党领导的中国左翼戏剧家联盟北平分盟的主要活动场所。1932年2月，在中共北平地下组织领导下，成立了中国左翼戏剧家联盟北平分盟（简称北平剧联）。当时，地下党和社会上的一些进步青年，就在慈慧寺中因陋就简排练革命剧目。剧团还广泛联系社会演出团体及学生剧团，活动范围及于天津、太原、绥远等地，成为北方的话剧重镇。

当年在慈慧寺进出的年轻人当中，有我国伟大的音乐家和革命者、中华人民共和国国歌《义勇军进行曲》的曲作者——聂耳。1958年，新中国成立后第一部传记影片《聂耳》拍摄时，摄制组特意选择了慈慧寺做外景，再现

20世纪30年代的音乐家聂耳

了聂耳（赵丹主演）当年的革命活动和慈慧寺的全貌。

如今，当年的慈慧胡同3号，已改为9号，堪称“纯正”的大杂院。街门口台阶前，坐着一位老者，乐呵呵地看着过往的行人。老者指着身后的院门说，如今谁还住这个破院子啊，房顶的椽子都烂了，破窗户四面透风……当笔者提到朱光潜时，老人摆着手，摇晃着脑袋说：不知道，不认识，是老街坊吗？

3.《独立评论》的创办与黎昔非

1932年，胡适与蒋廷黻、丁文江、傅斯年、翁文灏等人共同筹办《独立评论》，最初在米粮库胡同胡适家编辑组稿，待正式创刊后则在慈慧胡同北月牙2号租房办公，与米粮库胡同仅一路之隔，工作十分方便。胡适曾经回忆说：“在君（丁文江）提议，仿照《努力周报》的办法，社员每人捐出固定收入的百分之五，先积三个月的捐款，然后出版。”

《独立评论》是中国现代文化和思想史上的一份重要刊物，以刊登政治时事评论为主要内容。该刊头两年的经费由独立评论社社员自行集资。胡适说：“如果向政府要钱，那我就无法独立发表意见了。”所以，《独立评论》的发刊词这样申明：不倚傍任何党派，不迷信任何所见，用负责的言论发表各人思考的结果。1936年底，因著论反对日本策划“华北政权特殊化”，一度被迫停刊。1937年4月《独立评论》复刊，同年7月18日终刊。

现在许多人都知道这份刊物是胡适等人主办的，他们于其中发表文章也最多。这份刊物维持五年之久，共出版244期，发行全国各地甚至到南洋，发行量最高时达到1.3万份。鲜为人知的是，这份刊物之所以在当时产生巨大影响，离不开一位重要的幕后人物，那就是被誉为《独立评论》“总管”的广东籍文化人黎昔非。

1935年，在《独立评论》创刊三周年时，胡适曾亲自写了一篇《又大一岁了》的祝贺文字，用较多笔墨谈到这位幕后英雄。他写道：“在这贺周岁的日子，我们不要忘了这个孩子还有一位忠心的看护妇。我们创办这刊物的

1932年出版的《独立评论》

时候，就请黎昔非先生专管发行所的事务……这三年的发行、校对、杂务，全是黎昔非先生一个人支持。每到星期日发报最忙的时候，他一个人忙不过来，总有他的许多青年朋友赶来尽义务，帮他卷报、装封、打包、对住址。”

在《独立评论》四周年纪念会上，胡适又说：“我们借这个机会谢谢黎昔非先生和章希吕先生。他们终年勤勤恳恳地管理《独立评论》的发行、校对、印刷的事务。他们对于这个刊物的爱护和勤劳，常常给我们绝大的精神上的鼓舞。”

胡适的学生罗尔纲曾经写道：“我于九一八事变前回广西，到1934年3月才再来北平。那时《独立评论》已经出版将两年了。社址在后门慈慧殿北月牙胡同二号。经理为黎昔非，广东兴宁人，中国公学同学，同吴晗和我都是熟人。他从《独立评论》出版至抗日战争停刊时止都是他主持排印、发行工作。”

黎昔非，1902年出生于广东省兴宁市一个普通的农民家庭。1926年7月，他考入上海私立持志大学文学系。其后得知新文化运动领袖之一胡适出任上海中国公学校长，同时作家沈从文、冯沅君、陆侃如等也在该校任教。于是，在1929年春，他怀着对文化名人的崇拜，毅然转学到上海中国公学，并在文史系就读，直至1930年7月毕业。

1931年春，黎昔非考取北大研究院研究生，导师为黄节先生，以《诗经》为研究方向。在北大读书期间，黎昔非与同为中国公学毕业的罗尔纲、吴晗结为好友，并因此成为胡适家中的常客。

1932年3月，胡适患病住院，吴晗与黎昔非去医院探望，胡适提起正和同人计划出版《独立评论》杂志，缺一名“经理人”，希望黎昔非能来帮忙。当时黎昔非正在读研究生，学业紧张，故没有答应。此后月余，《独立评论》即将出版，最早策划人之一、清华大学历史系主任蒋廷黻仍没找到“经理人”，吴晗便向蒋廷黻推荐黎昔非，蒋表示同意，要吴晗马上给胡适写信敲定黎昔非。

正是这封信，让胡适下定决心，用师生情来打动黎昔非。无奈之下，黎昔非只能痛别研究生学业，去给胡适老师“帮忙”。在黎昔非用心经理之下，《独立评论》只用两年时间便从最初的每期发行2000本，增加到1.3万本。杂

1930 年大学毕业的黎昔非

志的影响力也大大增强。

黎昔非之子黎虎（北京师范大学历史系教授）说，父亲黎昔非曾讲述过他与吴晗一起等候胡适的事。一次，吴晗与黎昔非在北海公园等候胡适，当远远看到胡适走过来的时候，吴晗迫不及待地奔上前去，边喊“先生！先生！”边急忙热情地去握胡适的手。而黎昔非待在原地不动，直到胡适走过来，他才叫了声“先生”。

黎虎说：“这就是我的父亲，他根本就不是一个能说会道的人。他的一辈子是为《独立评论》付出牺牲，最后却得不到历史的承认。原来我没有很深入地研究《独立评论》，只是从我母亲或者中小学老师口里面听到一些。从别人的口中得知，我父亲和胡适的关系很紧密，胡适对我父亲很赏识，还是我父母结婚的主持人。但我父亲帮他搞《独立评论》，不仅丢了学业，而且当时在生活上还捉襟见肘。”

1937年，黎昔非、罗尔纲、吴晗这三位中国公学的校友，因抗战爆发结伴南下。吴晗前去云南大学做教授，罗尔纲受邀前往长沙中央研究院社会科学研究所工作；而当时既无学术名气，又无研究生文凭的黎昔非只能回老家教中学生。

由于黎昔非在独立评论社工作辛苦，收入菲薄，逃亡至汉口时，已经囊空如洗。他只得向吴晗借了20元钱，才带着妻儿一路辗转颠簸回到故乡兴宁。这一路上，换车等车，他们共走了一个多月。离开北平时，黎昔非将数年来写成的《诗经学史》《诗地理考》稿及曾经发表和未发表的诗、史论文约四五万言，小说约十万字邮寄广州，结果稿件失踪，这对黎昔非来说更是一个巨大的打击。之后，他先后在兴宁一中、兴宁二中和龙田中学任教。同时，在资料奇缺的条件下，仍默默地做着《诗经》的研究。

三、携手相依：恭俭胡同与米粮库胡同

恭俭胡同与米粮库胡同相互连通、相互依存，被誉为具有“明朝老胡同风骨”。

在地安门西大街上，沿着北海北门往东走路南，一条南北走向的宽阔胡同映现眼前，这就是恭俭胡同。粗看上去，该胡同并无特别之处，甚至感觉其胡同格局还有些不规范。但深入其中却发现，恭俭胡同不仅历史悠久，在明朝时还是内官监办公地。仅此，胡同的历史价值便可见一斑。

据《北京西城胡同》记载：“恭俭胡同位于什刹海地区东南部。南北走向，南起景山后街，北至地安门西大街。全长530米，均宽4米。明代为内官监址。清代初始名内官监胡同，光绪末年讹为内宫监胡同。1911年后谐音定名恭俭胡同。”

在恭俭胡同之西，依次有东西走向的恭俭一巷、二巷……直至五巷。恭俭一巷原称内官监（为办公所在地），是明代二十四衙门之一，职掌土木瓦石、油漆、婚礼、火药等诸作坊，负责营造宫室陵墓，铜锡妆奁器

皿等诸事，业务十分繁杂（类似于皇家工程局）。入清后废弃，但至今原“内官监”所属各“科室”名称仍用于胡同之名。如周边的“油漆作”“大石作”“米粮库”“染织局”等胡同，昔日均是为皇宫服务的作坊或库房。

在恭俭胡同南口路东有米粮库胡同的路牌，这里就是“恭俭”与“米粮库”的交会路口。当年徐志摩在胡适家居住时，经常要往返上海和北平，身心疲惫。胡适就要求其助手罗尔纲，每天陪徐志摩到北海公园走走。具体的行走路线是，从胡适家出米粮库胡同西口向北，出恭俭胡同北口后向西，再直行到北海公园北门。

罗尔纲在《师门五年记》中写道：“徐志摩初来时，胡适吩咐我说：‘徐先生工作忙，我建议他每天下午去北海公园散步休息。你陪他去。’米粮库离北海公园后门很近。第二天下午五时，徐志摩就到我房间来约我去。此后，除非下雨，没有一天不去。”

当时胡适的师友傅斯年，也是每天往返于恭俭胡同。傅斯年所就任的中央研究院历史语言研究所所址就在北海公园静心斋内，同时，他又与住在米粮库胡同的胡适为邻。

1. 沿着郑和的足迹

历史上，明代太监郑和是“靖难功臣”，后得到朱棣皇帝的提拔和重用，就任内官监太监（相当于皇家工程局局长），每天上下班均在恭俭胡同。如今，几百年过去，内官监虽遗迹全无，但仍可从遗留的残砖片瓦中，感受到几百年前历史的尘埃。

郑和在内官监就职期间，完成了七下西洋的壮举（需要说明的是，“太监”是皇家十二监衙门长官的官衔，是正品官员，相当于知府级别）。有文字记载，永乐三年（1405年）六月，身兼外交大钦差、船队“总指挥”、卫队“总司令”、商贸“总经理”等要职的郑和，率领由二百余艘海船组成的庞大船队，由长江口内的苏州刘家河（今江苏太仓浏河）扬帆启程，揭开了先后七下西洋的序幕。由于航海人员庞大，每次远航往返均需要几百天的时间，所以在航海期间不仅要在船甲板上种菜、种粮食，还要在船上养猪，以完成因海上航行所需要的补给和营养。

在郑和下西洋期间，正值明成祖筹划迁都北京。为了新建皇帝内苑，急需从海外采办一些应用之物，诸如各式器皿，各种香料，乃至国内罕见的花草树木，飞禽走兽。这些本都在内官监太监职责范围之内，所以选派郑和统率下西洋，还负有皇家采购团的使命，为朝廷带回中原地区所罕见的珍奇宝物。

郑和在北京所居住的胡同，明代称为“三保老爹胡同”，清代名“三不老胡同”；在今德胜门内大街路西，出东口往南即今日的平安大街。所以，当年的郑和经常往返于恭俭胡同和平安大街间，无论是骑马还是坐轿，也就是半小时的路程。

自郑和之后的几百年间，继郑和足迹相继出入恭俭胡同的名人还有毓逖、齐白石、溥心畲、启功、徐志摩、傅斯年、罗尔纲、张治中、陈赓、黄克诚、钟赤兵、胡风、叶君健等，他们或在此居住，或探亲访友，或拜师学艺。正是这些名人的学养和思想文化，为这条胡同添加了深邃的历史和文化内涵。

2. 恭俭冰窖

有文字记载，民国年间在北大讲堂上，“暑天，曹锟在教室外面看见教授讲课满面流汗，就命令校工送毛巾到课堂上给教授们擦汗，后来干脆在教室里安装了铁柜子，里面放上冰块用来降温”。这其中的冰块就是每天从冰窖购买来的。

俗话说，冻上是冰，化了是水。在当时，这些天然冰块是冬天从北海、什刹海采集而来，然后将冰块存储于冰窖内，供夏天祛暑纳凉、冰镇海鲜等使用。当然，冰块的费用也不菲，平常百姓家是享受不起的。当时离北大最近的冰窖是恭俭冰窖和雪池冰窖，享用者多是皇亲国戚、达官贵人。

如今在恭俭胡同五巷，有明清年间遗存的冰窖，多年来大门紧闭，令人心生好奇。近年，在恭俭冰窖内开了家餐厅，其菜品接近宫廷御膳，且借助于恭俭冰窖的名声，吸引了一大批中外旅游爱好者慕名而来，在品尝美味的同时，还认识了原始冰窖。

恭俭冰窖餐厅的老板王丽辉介绍说，他早在1994年4月就租下恭俭冰窖，一直当作存放小家电的库房，直到2008年才将恭俭冰窖打造成一家以冰窖为主题的餐厅。老板介绍说，自从1982年后，北京城内的几处皇家冰窖便先后被弃用，“主要是冰箱出现了，家家都有‘小冰窖’了，谁还用得着它呀。”

恭俭冰窖为半地下拱形结构建筑，地上4米，地下3米，大厅是冰窖的外室，冰窖内室要经过一个小门，走下数级楼梯方能到达，类似于今天的地下室。内室分为两个厅，一个被改造成大餐厅，另一个被用来存放餐饮物品。餐厅墙壁上悬挂的文字说明，详细记录了这座皇家冰窖的历史。用餐的客人既参观了冰窖，又品尝了菜肴，同时还能回忆起早年“冰镇”饮料的生活细节。

当年，如果大夏天能用上冰，那可是件奢侈的事儿。小家小户的平民百姓是使不起冰的。使冰的主儿不是宫

如今的恭俭冰窖

里边，就是官宦之家，再有就是肉铺、鱼店等卖时鲜的商贩。再就是记忆中的北冰洋汽水，大冰块上平放着一溜儿汽水瓶，用手滚动着冰块上的汽水瓶。冰镇的汽水还要比一般汽水贵几分钱。

老北京人杨大妈回忆说，平时三分钱的冰棍都舍不得吃，滚瓶儿汽水就更别说了，也就是路过看个热闹。如今，在冰窖餐厅门口，总是摆放着一块人造冰，上面冰镇着酸梅汤和啤酒，令人感到亲切和温馨。

20世纪80年代以后，随着氟利昂使用的普及，冰柜等制冷、冷藏设备层出不穷，加之气候变暖，水面减少或污染，土地资源稀缺，人力成本提高，北京的大部分冰窖难以为继，渐渐淡出人们的生活。人工冰窖随之成为历史。

出恭俭胡同南口不远处，是位于陟山门街的“雪池冰窖”，据说当年林长民与女儿林徽因之所以选择在雪池胡同安家，其原因之一是由于在欧洲养成吃冷食的习惯，守着雪池冰窖正方便。

林徽因回忆徐志摩在北京的日子时写道：“朋友们都很关照志摩，他在北京吃、住在胡适家里。胡适待他如同兄弟，各种日常用品为他准备好…… 卖冰水冷饮的担子，敲着叮当作响的冰盏儿，走过幽静的胡同。”

如今，这两座冰窖已被列为北京市文物保护单位。

3. 皇室贵胄开“杠房”

站在恭俭胡同8号院门前，虽然大杂院内挤满私搭乱建的小房子，但仍可看出当年这座三进四合院的气势和规模。这个院落的主人曾是光绪皇帝禁卫军统领爱新觉罗·毓逖，其长孙是雍正皇帝第九代孙、著名的书法家爱新觉罗·启骧。

毓逖在光绪三十二年（1906年），进入陆军贵胄学堂学习，成为第一期学员。贵胄学堂毕业后，赏三等侍卫，后升任护军统领。“北京政变”后，溥仪被赶出宫，后去了天津，又到了长春。毓逖拒绝了溥仪的邀请，留在京城。当时的王公后裔、八旗子弟突然断了俸禄，大多因缺少劳动技能而陷入困境，有的甚至坐吃山空，靠变卖家产为生，最终沦为乞丐。

为了养活一大家子人，毓逖想起先祖弘昼喜好丧仪，常为亲朋好友料理丧事。1927年，他在地安门外西皇城根买了几间铺面房（原址即为今地安门西大街路南日昌餐馆），开了家“信成杠房”。毓逖坐镇老经理，其儿子恒业为少经理，相当于现在的常务经理。可以想见，皇室护军统领，袭过“奉恩将军”的爵位，在“贵胄学堂”受过良好教育的毓逖，为生计开设杠房，整天与“葬礼”打交道，也是万般无奈之举。

当年，信成杠房在北平开张之后，很快就声名远扬。一方面是可遵照满、汉两族风俗承办丧事；另一方面是经营者的皇室背景，令北平的达官新贵、清朝遗老多由信成杠房承办丧事。摄政王载沣（溥仪之父）、国民政府监察院高友唐、沁王府王爷及福晋、奉系军阀富双英、“祥贵人”谭玉玲等的葬礼均由信成杠房承办。

特别值得记述的是李大钊的葬礼，就是由信成杠房“顶风作案”完成的。李大钊在1927年被奉系军阀张作霖杀害后，直到1933年遗体还没有安葬。按照老北京的风俗传统，下葬的日子一般选在三、五、七等奇数日子。而李大钊先生的七日、七月、七季都过了，就剩下这“七年”了，所以一定要赶快入土为安。当时北京大学何基鸿教授找上门来，请求信成杠房帮忙安葬。此前，何基鸿已经找过两家杠房均被谢绝。因商家顾虑李大钊是共产党的领袖，葬礼那天肯定有学生送葬，难免会与军警发生冲突。

毓逖听说这件事情之后，没有顾及个人安危，在社会各界人士的协助下，带领杠房众人冒着风险，从宣武门外李大钊先生停灵的地方起杠，城里十六杠，走西四、新街口，出西直门改二十四杠，平安顺利地把李大钊安葬在西山万安公墓。

当时的安葬分三种：国葬、公葬、民葬。国葬，国民党政府不准。民葬，李家无钱。只好公葬。李大钊生前是北京大学图书馆主任，所以其遗孀赵纫兰一门一户拜访周作人、沈尹默、胡适等人，请求北京大学帮助安葬。

时任北大校长的蒋梦麟慨然应允。接着北大教授王烈、何基鸿、沈尹默、沈兼士、周作人、胡适、马裕藻、马衡、傅斯年、蒋梦麟、樊际昌、刘复、钱玄同等十三人，甘冒风险，牵头发起募捐，并以公葬“北京大学已故教授”之名，回避了李大钊的政治身份，避免了当时政府的干涉与阻挠。另外，没有以学校名义出头，而是由十三位发起人的个人名义募捐、安葬，减少了许多麻烦，防患于未然。

毓逖的晚年生活十分安逸。虽说大宅院已经七零八落，但毓逖老人是位性格耿直、待人热情、博学通达的主儿，平时大家都尊敬地称呼他为“毓四爷”。

老街坊于洪达回忆说，毓逖老爷子和蔼可亲，也特别爱帮助街坊四邻。记得在大宅院的西边有座假山，与北海

毓逖（左）与齐白石

公园相邻，山上长满了鲜花野草，站在山坡上可望见北海夹道和高大的北海围墙。土山坡下还有一口甜水井，整个8号院住户都是吃那口井的水。

毓逖喜欢书画，与当年的书画大师齐白石、溥心畬、溥雪斋交往甚密，一些社会名流也经常出入于这个院子。他们聚在一起品茗谈艺，交流画作。毓逖堂号是“柳荫轩”，齐白石当年曾治“柳荫轩”田黄石印章一方赠予他。毓逖还是启功先生的远房四叔祖，在当年毓逖家中聚会时，是他将启功介绍给齐白石先生学画的。

如今，毓逖家的宅院早已拆分成若干个院子。主院是住着几十户人家的大杂院。东边的跨院，在“文革”后曾是恭俭胡同“居委会”，之后是街道“五七连”加工厂。一群老太太在“厂”里缝衣服，剪裤子，劳动创收……如今，居委会早已经腾空，房屋荒芜，且与南院相连，成为房管所堆放材料的仓库。

曾经显赫的家族，早已化作如烟往事。只有院子中几棵参天大树，昭示着院落主人昔日的荣耀和辉煌……正如当年经常出没此院的启功先生所言：“物能留下，人留不下啊！”

4. “洋作家”遇“洋博士”

叶君健是我国著名的文学家、翻译家，1914年出生于湖北红安，是国内最早从事丹麦文翻译、系统全面地介绍安徒生童话的翻译家。他所翻译的《安徒生童话》在中国家喻户晓。1936年，叶君健从武汉大学外国文学系毕业；1944年，叶君健前往英国剑桥大学皇家学院研究欧洲文学；归国后任辅仁大学教授。

1953年，叶君健与夫人苑茵省吃俭用、节衣缩食，以三百匹的五幅布价格买下恭俭胡同3号院。据说，此前房子的主人是清朝宫内掌管煤炭的官员，民国以后逐渐破败，便将院子分割出售。叶君健回忆说：“我刚搬进那个胡同的时候，一切情景与解放前差不多，院子虽古色古香，却很寒碜……”苑茵说，刚搬来的时候，房子特别破旧，顶

恭俭胡同里的百年老屋

棚和窗户都是纸糊的，屋子的地面就是土地，连块砖都没有，胡同里还住有清宫留下的太监。以后，他们将每年结余下的钱，用来整修房屋，逐步将窗户和地面等换成了玻璃窗和地板砖。

某天，叶君健坐洋车出门，洋车夫在闲谈中说，洋博士胡适以前就住离您家不远的米粮库胡同，新中国成立前去了美国。听到这个信息，叶君健不禁回想起一段与胡适共同工作的往事。

1945年，第二次世界大战刚结束不久，联合国教科文组织在巴黎召开第一次大会。胡适是当时中国代表团的主要成员，此外还有竺可桢、赵元任和陈西滢等。当时教科文组织要赠送给中国文化机构一批图书，代表团需要有人协助办理接收事宜，就临时请在法国研究原子物理的钱三强和在英国剑桥大学研究文学的叶君健前去参加。

叶君健说，当年他在上海读中学的时候，胡适就已经大名鼎鼎了，他倡导的白话文已经成为正式的文学语言。叶君健说：虽然在此次活动中我们与胡适朝夕相处，还一起吃过饭，但我还有自知之明，无论何时我都不敢用“我的朋友胡适之”这个称呼。

叶君健在与洋车夫闲谈中得知，北京解放前夕，这位洋车夫每天都拉胡适去北京大学上课或访友。洋车夫还感叹道，在他的拉车生涯中，胡适是他所拉过的最没有架子、最平易近人的顾客。这倒与叶君健对胡适的印象非常吻合。

叶君健说，“炎黄子孙”——也就是全世界具有中国血统的华人，今天都用白话文作为他们表达思想的工具，包括文学作品。这在汉语的发展史上是一场大革命。在这场革命中，胡适起了很重要的作用，这样鼎鼎大名的人物，不摆架子，不装腔作势或者表现狂妄，大概都是有真才实学而又出身比较寒微的人。

石原皋在《胡适闲话》中写道：“当年北平虽有出租车，但少而价高，唯一的代步工具只有人力车。胡适住在钟鼓司和陟山门时是自备人力车，雇人拉。自从搬到米粮库四号住后，房子大了，客人多了，主要是经济比较富裕了，他就丢了那陈旧的人力车，购买了汽车。”所以说，洋车在胡适的北平生活中，曾经是不可缺少的交通工具。

其实，早在1917年，胡适就创作了长诗《人力车夫》，并被收入国文课本之中。那时，他到北大做教授不过三个月的时间。当身份和地位逐渐改变后，坐洋车的感受也随之发生改变。

或许是学识和修养使然，叶君健这位“洋作家”同样留给人平易近人的印象。鹤发童颜，平日在胡同里只要遇到孩子，他都要弯下身子，伸出温暖的双手将孩子高高举起，亲昵一番。平日在胡同里与左邻右舍相遇，他总是面带微笑地打招呼，聊家常。

自叶君健入住以后，经过几年时间的打理，小院就旧貌换新颜了。叶君健还在院子里种上了枣树、梨树和柿子树。小院生机勃勃，果树成荫，经常有国外作家前来拜访，有些作家还是政府安排的。叶君健不仅是名扬世界的中国作家，还肩负着传播中国文化、宣传和介绍中国人民美好生活的特殊使命。英国籍女作家韩素音就是经常光临的作家之一，她与叶君健是多年的朋友。所以，恭俭胡同叶君健家的小院，还被人们誉为“外交小院”。

《安徒生童话》现有上百种文字的译本，丹麦报纸曾有评论认为：“只有中国的译本把他当作一个伟大作家和诗人来介绍给读者，保持了作者的诗情、幽默感和生动活泼的形象化语言，因而是水平最高的译本。”为此，丹麦女王曾隆重授予叶君健“丹麦国旗勋章”，这是全世界

叶君健家的“外交小院”

《安徒生童话》众多译者中唯一获此殊荣的，也是安徒生与叶君健作为作者与译者，因同一部作品先后获得同样勋章的唯一先例。

四、油漆作胡同的“辉煌”

据《北京地名典》记载：“油漆作胡同，清光绪时称油漆作。朱一新《京师坊巷志稿》言此处是明代内官监的油漆作坊。”因油漆易燃，有危险，为安全计，故置皇城最北端，这也是皇城内离皇宫最远的胡同之一。

汤大友撰文说，自明亡后，清政府对紫禁城进行修缮和维新，并将前朝内官监之房屋土地，尽皆分拨给这些从全国招募而来的“高级油漆工匠”们居住。从此，油漆作胡同成为北京最喧嚣鼎沸的传统涂料集中地。最精巧的工匠，最精湛的工艺，最绝密的颜料配方等都在这条胡同里闪耀着璀璨的光芒。今日故宫的雕梁画栋、精美彩绘，历经几百年的岁月洗礼，依然能够得到数以万计中外游客的赞赏，和这条看似平凡的胡同有着不可分割的联系。

油漆作胡同位于米粮库胡同之北，前后并列。当年，居住在米粮库胡同的陈宗蕃，在建造“淑园”时留有旁门，正对着米粮库胡同北边的油漆作胡同，出旁门对面就是溥仪的英文教师——庄士敦家的大门。

1. “小”胡同似迷宫

当年油漆作胡同曾汇集了全国最出色的油漆工匠，对紫禁城宫殿进行全面修缮。当时研制出的大漆、桐油、各色颜料、泥子、血料等油漆涂料成为全国最著名的产品，达到了该行业的顶峰。遗憾的是，如今这些涂料配方多已失传或被淘汰。

清朝后期，国力日渐衰退，外敌入侵，中国受尽凌辱，处在内忧外患之中。大的营建工程近乎停业。蛰伏在油漆作胡同的手艺人，先后搬离。清末，油漆作已经名不副实，逐渐演变为普通百姓的居住区，并一直延续至今。

今日油漆作胡同东口，该院为当年庄士敦府邸

值得欣慰的是，油漆作胡同还在，且没有经历大的拆除和改建。这条胡同有别于北京胡同的特点，就是“不按常理出牌”。胡同的布局和走向，跌宕起伏，忽宽忽窄，忽左忽右，非棋盘式格局。有文字记载，该胡同是胳膊肘形布局，其实仅仅说对了一半。

我们可以实地体验一下。从油漆作胡同东口进，往西直行百米，遇一小岔路口，如继续直行，胡同变窄，且不通。转弯向北直行，几十米过后，豁然开朗，眼前又呈现出东西走向的宽胡同，并有坐北朝南、坐南朝北以及坐东朝西的院落若干；更为神奇的是，胡同之宽敞，可并列三辆大卡车，这在京城胡同中甚为少见。真正是“柳暗花明又一村”。

站在宽胡同原地，可往东，还可往北。向北行，胡同瞬间变得“瘦小”，皆有住户，只是走到北头后依旧不通，北京人称之为死胡同。反身往西五十米途中，有两所宅院，气势非凡，疑似当年“包工头”所置。

走至胡同西尽头折向北，再往西，胡同忽然变得异常狭窄，宽不足一米，仅可容单人行走。仿佛被挤在高墙之中，行进途中感觉憋着口气，待终于“逃离虎口”后，随即与西楼巷和恭俭胡同“三方”会合。

北京胡同的美妙和魅力就在于此，不亲身体验，享受折半。

2. 庄士敦，教授的不仅是外国话

油漆作胡同1号庄士敦故居，如今已经在大兴土木进行改建。3600多平方米的遗址上仅留下三间破旧不堪的危房和中庭一株濒死的大杨树，四处残垣断壁，令人唏嘘感慨；唯有门房藻井天花上若隐若现的油漆纹饰告诉人们，近一个世纪以前，这里曾经住过一位不平凡的外国学者，一位对中国文化深深仰慕的英国老人。他撰写的《紫禁城的黄昏》一书，全面、系统、客观地介绍了当时处于半封建半殖民地的苦难中国，为世界了解中国打开了一扇窗口，提供了许多珍贵的史料，直到今天，依然有其现实的借鉴意义。

当年，为了让洋师傅庄士敦离皇宫内的溥仪近些，“内务府”在故宫周边为洋师傅选房子，最终看中了油漆作胡同1号院。庄士敦非常喜欢这套大四合院，亲自动手把它布置得充满北京传统文化色彩。

宅院北部是花园，南部是住宅区，为三进的大四合院。院中有水池花圃，正房、厢房三十余间。宅院里少的是人，只住有庄士敦、管家、厨师三个人；屋里多的是书，五间正房每间靠墙处都摆放着从地面到屋顶的大书架，排满了各类书籍，多达数千卷。

庄士敦回家后，多数时间就坐在一张大桌子旁读书。他曾说：“我现在有了这些书籍，它们就是我的妻子，能和我作无声的谈话，我也不必伺候它们。”庄士敦终生未娶。

大门洞里有四个红底黑漆字的“门封”，昭示着庄士敦受到的不凡待遇。在庄士敦成为帝师后，英国政府非常高兴，授予他“高级英帝国勋爵士”勋章。当时，清廷内不乏“非我族类，其心必异”的议论，认为洋鬼子怎么配当皇帝的师傅？最多当个教习，教点知识也就算了，绝不能参与政治，更不能享受帝师的待遇。这种论调遭到了载涛和载沣的批驳。授课不久，溥仪就传旨给予庄士敦“紫禁城内赏乘二人肩舆”的特权，赏给“毓庆宫行走”的头衔和二品顶戴，和其他帝师待遇一样。

庄士敦曾在亚洲生活二十多年，游历了中国二十多个省份。他不仅能讲一口熟练的中国话，且对中国的经、史、子、集及佛教都有研究，尤其爱好唐宋诗词。所以，在庄士敦油漆作胡同的家中，室内的家具均为中式桌椅案榻，条幅字画，绝对“中国制造”。

1919年4月，庄士敦与溥仪在毓庆宫举行见面仪式，先进行君见外国使臣礼，由庄士敦行鞠躬礼，“皇帝”起立握手；然后再进行拜师礼，由“皇帝”学生向庄士敦鞠躬。庄士敦成为中国历史上第一位，也是最后一位具有“帝师”头衔的外国人。进入紫禁城后，他以极大的热情投入到新的工作中，给这座异常坚固的封建堡垒带来了一丝清新之气。

在以后的日子里，师生关系十分融洽，庄士敦不仅教授当时仅有十四岁的小宣统英文，而且用西方的绅士礼节、生活方式甚至西方的思维方式教育小“皇帝”。这使自幼身居紫禁城的少年，接触并了解了世界文明的进程，开阔了视野，同时也有了小小的自卑。

溥仪本来就感到自己头上的大辫子，如同“猪尾巴”般丑陋，尽管从民国二年（1913年）开始，内务部就多次来函，敦促小朝廷剪掉那条代表封建王朝的脑后小辫，但小朝廷内务府无动于衷。而洋师傅庄士敦对“猪尾巴”的讥笑，使溥仪内心有了酸涩的滋味，于是他毫不犹豫地把“猪尾巴”铰下去，并要求宫内所有男人必须如此。尽管朝廷上下怨声载道，但还是“奉旨”铰掉了数千条辫子。

在以后的读书学习中，庄士敦觉察出皇帝学生的眼睛很有可能近视了，需要看医生医治。端康太妃（瑾妃）坚决反对让外国医生检查皇帝的眼睛，理由是，皇上的眼睛怎么可能随便乱动呢！

庄士敦以辞职不干相威胁，结果皇室妥协。1921年11月7日，庄士敦请协和医院的著名眼科大夫检验了溥仪的眼睛，并为他配了一副眼镜。

溥仪有一次出面宴请中外各界人士时，应邀前来的男女贵宾首次在宫内同桌共饮，改变了慈禧太后宴请外宾时男女分宴的老规矩，成为清末之后开一代先河的“新规矩”。在遇有重要宴请之前，溥仪、婉容二人还站在门口迎接，与来宾逐一握手，表示欢迎。这些“大逆不道的礼

20世纪20年代，庄士敦（后排右一）与溥仪、婉容

仪”，顿时在宫中炸了窝。洋师傅庄士敦也因此招来守旧者的怒目和白眼。

溥仪对洋师傅所灌输的新思想、新信息和新观念几乎全盘接受。为了回馈知遇之恩，除了工资一千块大洋，还命内务府支付庄士敦在油漆作胡同1号院的租金。只是到后来内务府资金捉襟见肘，连房租都不能按时交，被出租人不断催促。不得已，内务府准备在不远处的吉安所给庄士敦买套房子，还没等事情办妥，溥仪便被轰出了紫禁城。

1924年，庄士敦回到了英国，但他时刻与溥仪保持着通信往来。庄士敦经常以自己的中国名字“志道”而自豪，就连溥仪给他写信，也称他为“志道师傅”，这使得庄士敦格外开心。

溥仪的妹妹韫龢陪丈夫在英国留学期间就住在庄士敦家中。她回忆说，庄士敦是个非常可爱的老人，当他和来自中国的客人用中文交谈时，经常卖弄所谓的老北京话，不仅没有掺杂洋味，甚至连“儿话音”的“京片子”，也说得像模像样的。

庄士敦怀念中国，他爱北京。

3. “紫禁城的黄昏”

1934年，庄士敦的回忆录《紫禁城的黄昏》，由伦敦一家著名的出版社出版之后，轰动了欧洲，接连再版。庄士敦在回忆录中不仅披露了为人罕知的晚清宫中生活，也客观地记述了紫禁城270多年的“黄昏时期”——晚清落幕至极复杂的历史景象。其中，还记述了他与胡适的交往和友情。

庄士敦说，大约是1924年9月初，北京一份晚报——《大晚报》刊登了一段粗鄙恶劣的文章，说：据称溥仪的英文师傅动机不良，将他自己的女儿带到紫禁城介绍给溥仪。溥仪见了她，就久久注视着她，为她的美丽所倾倒。那位英文师傅沉吟了一下之后，出于某种考虑将女儿留下送给了溥仪。

不难想象，庄士敦在读到这段文字之后的愤怒。他说，字里行间充斥着侮辱和冒犯性的语言，“对皇上和我的名誉都有中伤”，其实，“人们议论纷纷的所谓的‘女儿’根本就不存在”。

正是在这个时候，胡适站出来对北京的报纸出现这样粗俗卑劣的报道，深表遗憾。并在1924年10月10日给庄士敦的信中谴责了这些下流小报的低俗言论，也隐含责怪了那班政客对庄士敦五花八门的攻击。对此，庄士敦对胡适是充满感激的，并将这段不愉快的经历写在《紫禁城的黄昏》一书中。

其实，庄士敦与《新青年》多位同人都很熟，他们都是北京一个国际性“文友会”的会员。“文友会”由中、美、英、法、荷和苏联等国籍的知识分子组成，定期开会，讨论内容涉及政治、社会和文化。胡适与庄士敦同为“文友会”会员，二人曾经先后担任过该会会长。1922年，溥仪在给胡适打电话前，庄士敦就对胡适说过，溥仪喜欢现代诗，曾读胡适的《尝试集》。胡适听了就送给庄士敦一部《胡适文存》，也托庄士敦转送溥仪一部，可见溥仪已经通过庄士敦的推荐对胡适有了一定了解。

溥仪在读了胡适的《尝试集》和《胡适文存》之后，感觉与以往读的“四书五经”不同，让他有了一种新鲜的阅读感觉。所以，他很想见识一下这位新派思想领袖的真面容。

4. “洋博士”的神秘电话

在1921年，溥仪对电话的了解当然是听庄士敦说的，由于慈禧生前不允许在宫内用电话，所以溥仪长时间闷闷不乐。之后，他不顾清室遗老们的反对，坚决要求装电话。于是，北京电话局在故宫养心殿给溥仪装了部电话，并送来一本电话号码簿。

在1936年的《北平电话号簿》上，住宅电话已经大量增多，其中不乏社会名流，如余叔岩（椿树头条4号，南局1566）、马连良（翟家口豆腐巷7号，分局1466）、胡适之（米粮库胡同4号，东局2511）、陈寅恪（平则门大街

20世纪20年代，胡适在北大任教授

姚家胡同3号，西局568）、梁思成（北总布胡同3号，东局1202）等。另外，当时清华大学八十七位教授的个人分机号，都刊登在内。

刚开始接触电话，溥仪玩心大起。溥仪曾回忆：“随着电话机，电话局送来了一个电话本。我高兴极了，翻着电话本，想利用电话玩一玩……我忽然想起庄士敦刚提到的胡适博士，想听听这位‘匹克尼克来江边’（胡适早年一首旧体新诗中的一句）的作者用什么调儿说话，就叫了他的号码。巧得很，正是他本人接电话。我说，你是胡博士呵？好极了，你猜我是谁？胡适就问，您是谁呵？怎么我听不出来？哈哈，甭猜啦，我说吧，我是宣统啊！”于是，胡适和年仅十六岁的小皇帝有了一次对话。

溥仪在与胡适的“淘气”通话中表示：“我还不知道你长什么样儿，你有空到宫里来，叫朕瞅瞅吧。”胡适放下电话感觉如做梦一样，唯恐是哪个家伙搞恶作剧，别再闹出笑话来。于是，胡适想起了老友——溥仪的洋师傅庄士敦，赶紧打个电话落实真假。庄士敦在电话里向胡适证实，确有此事。

1922年5月30日上午11时许，溥仪派人到胡适家接胡适。胡适在日记中写道：“我们到了神武门前下车，先在门外一所护兵督察处小坐，他们通电话给里面，说某人到了……他们电话完了，我们进宫门，经春华门，进养心殿。清帝在殿的东厢，外面装大玻璃，门口挂厚帘子；太监们掀起帘子，我进去。清帝已起立，我对他行鞠躬礼，他先在面前放了一张蓝缎垫子的大方凳子，请我坐，我就坐了。我称他‘皇上’，他称我‘先生’。他的样子很清秀，但单薄得很；他虽只十七岁（虚岁），但眼睛的近视比我还厉害；穿蓝袍子，玄色背心。”

五、胡同口对口——黄化门街

黄化门街西口与米粮库胡同东口中间只隔一条马路，两个胡同口斜对着，如患忧患难的兄弟，朝夕相处，几百年未变。

黄化门街在明清时期一直是太监们的聚居地，如旧时的司礼监、尚衣监、织染局等都围绕在黄化门街周围，所以这一带在明清时也自然而然地成了皇宫内院的“服务所”。

据朱彝尊《曝书亭集》记载：“康熙癸亥（1683年），予入值南书房，赐居黄瓦门之东。”黄瓦门即今地安门内黄化门街，当时仍在禁垣以内。朱彝尊在康熙二十二年（1683年）入值南书房时，在黄瓦门之东皇帝赐予的房子居住，写有《赐居禁垣诗》。如此说来，清代大文学家朱彝尊便是今黄化门街的早期居民。然而，一年后朱彝尊便遭弹劾，迁居到宣武门外海波寺街（今海柏胡同16号）居住。

1965年整顿地名时，“黄化门街”成为定名；“文革”中又一度改称“红化门”；后复称“黄化门街”。如今的“黄瓦门”街口为近年修复的黄瓦红墙，包括米粮库胡同东口、油漆作胡同东口、慈慧胡同西口的跨墙门楼，均为2006年复建的。

1．“帝师”清华学堂“行走”

王国维，字静安，一生淡泊名利，勤勉不怠，唯读书做学问为性命。在哲学、文学、文字学、史学诸领域，开山立派，卓尔不凡，是蜚声中外的国学大师。

1923年6月，王国维出任清逊帝溥仪的“南书房行走”之后，就搬入黄化门街内的织染局胡同10号。直至1925年4月，王国维应清华大学国学研究院主任吴宓之聘任教，方迁居清华园西院17号、18号。王国维在织染局胡同10号住了近两年时间。

溥仪被赶出宫后，作为“帝师”的王国维便失业在家。此前，胡适通过得意门生顾颉刚牵线搭桥，顶着秋风如约去拜访王国维。胡适读过王国维众多诗文，对其心仪已久；王国维对胡适的大名也是早有耳闻。于是，两代学者就各自的学术难点进行探讨。

1924年春天，清华学校要改办大学，并将设立研究院，校长曹云祥写信给胡适，聘他担任研究院院长一职。胡适不可能离开北大，他向曹校长推荐了四个人，都是当时学术界的顶尖人物。即：梁启超、王国维、章太炎、陈寅恪。这四位国学大师的名字，令曹云祥眼前一亮。但令

王国维与罗振玉（右）

人没有想到的是，唯有当时没有工作、连生计都成问题的王国维却坚辞不就。

一开始，胡适并不认为王国维是真的拒绝，以为他就是做做样子，耍耍大牌，中国知识分子多是这样的“臭毛病”。而曹云祥甚至已经在清华大学的教学计划中安排了王国维的课程，但王国维自始至终不点头，这可难坏了举荐人胡适。为了不使这位才高八斗、学富五车的大学者埋没，胡适打电话找到王国维曾经的主子溥仪，以及同为帝师的庄士敦，请他们来给王国维下“圣旨”。结果同样全无作用，王国维连曹云祥设的饭局也一口谢绝，全然不顾溥仪的面子。

为了王国维的生计，更是为了国学的传承和国家育人，胡适对此始终没有放弃。某天晚上，胡适将王国维哄上汽车，带着他从地安门驶向城外的清华园。在实地感受和考察了清华大学校园后，又来到专为王国维安排的办公室，还将他未来的同事大名——章太炎、陈寅恪、梁启超等一一报上。胡适等人的真诚和热情打动了王国维，最终他接受了清华大学的邀请，答应就任研究院导师。

即便如此，当吴宓走进王国维家客厅呈送聘书时，先恭恭敬敬地站在王国维面前鞠了三个大躬，大礼之后才说明来意。吴宓在其日记中写道："宓持清华曹云祥校长聘书恭谒王国维先生，在厅堂上行三鞠躬礼。王先生事后语人，彼以为来者必系西装革履，握手对坐之少年，至是乃知不同，乃决就聘。"但王国维"以院长须总理中大小事宜"，拒绝任院长职务，而专任教授职。

在清华大学，王国维月薪四百大洋，在全国教授中都是名列前茅的高薪。但在当时，他的名声远不及同为留学日本的梁启超，更何况他还留有那条象征"复古"的发辫。在清华园中，有个流传很广、意味深长的细节，有次王国维的太太为他梳辫子，问他：都到这个时候了，还留着这东西做什么？他的回答是：正是到这个时候了，我还剪它做什么！

一代大师王国维在其人生最辉煌之时，投湖自尽。其死因被称为"中国文化史世纪之谜"，至今未有定论。

1927年6月2日上午，王国维告别清华园，坐人力车来到颐和园内的鱼藻轩前，自沉于昆明湖。王国维死后，家人在他的遗物中发现了他死前一日所写的遗书。遗书条理清晰，考虑周密，足见死者绝非仓促寻死。这与王死前几日无异常举止相吻合。遗书一开头“五十之年，只欠一死。经此世变，义无再辱”十六字，给生者留下种种疑窦，成为七十多年来其自沉之因久说纷纭、又难以确论的“谜面”。而对于王国维之死，胡适在日记中写道：“此老真是可爱可敬，其学问之博而有要在今日几乎没有第二人。”

王国维之子王登明撰文说：“1929年研究院师生立纪念碑于校园（大礼堂西南隅），由梁思成先生设计，陈寅恪先生撰碑文，林志钧先生书丹，马衡先生篆额。”碑文内容是：“唯此独立之精神，自由之思想，历千万祀，与天壤而同久，共三光而永光。”

2. 李莲英故居

黄化门街东口的墙壁上，有一块1993年制作的铜牌，上面写道：“胡同内19号四合院为清末慈禧总管太监李莲英的住宅。”但经实地查看，如今的黄化门街上，并没有19号的门牌，更没有什么四合院。原来黄化门街19号的门牌是1993年时的老牌子，当年的19号即今天的43号。

43号院位于黄化门街西端北侧，靠近地安门内大街。如今的院门看上去虽相当“低调”，却颇为精致。门首、门墩、门楣砖雕甚为完整；门洞内梁、栋、雕栏上的漆画犹在，只是颜色暗淡了许多。进得门去，是一通影壁，青砖磨缝，相当考究。因为年代久远，显得有些破败。步入院中，十余间南房、北房和厢房组成了前院。院子挺大，几棵粗粗的大树挺立于房前。北屋中间处是高高的石台阶，上去是过堂屋。高台阶西侧有一方做工精细的上马石，不知何时被推倒了，静静地躺在院子的角落，使人依稀可见院中昔日的荣华。

走过穿堂屋来到二院，迎面是一座菊花垂花门，门架倾斜、油漆斑驳，有些损坏，它本应通向第三个院落，但已被砌死。住在院内东西厢房的人说，后面院子的门开在南月牙胡同甲6号，原来两个院子是相通的，出于安全原因才将其封死。

据说从黄化门街43号院正门起，到南月牙胡同甲6号后门止，约有百米，真可谓深宅大院。值得玩味的是，它的后门还属于胡同后面的胡同。像一弯弦月的南月牙胡同深藏于慈慧胡同的里面，窄得连一辆小轿车都无法穿入。

有文字记载，李莲英出宫以后时居黄化门街。这宅子并不是李莲英买来的，而是他陪慈禧太后由西安避难返京时哭穷向“老佛爷”讨来的。据说，当时“老佛爷”回到紫禁城后说：“可回到家了！”李莲英借机下跪磕头，做出一副可怜相，说：“老佛爷回家了，奴才可连个家也没有！”慈禧太后看李莲英那副可怜相，就随口把黄化门街的一百多间房子赏给了他。

李莲英在京城很多地方都有私宅，除了海淀镇的彩和坊，还有帽儿胡同、棉花胡同，以及原崇文区的东兴隆街等处。从情理上分析，黄化门街19号距离皇宫最近，便于上下班。

3. 张申府的"革命"足迹

在黄化门街5号，还曾住过一位重要的人物——张申府。

张申府（1893—1986年），名崧年，号申甫，河北沧县人。其父张濂是清光绪二十九年（1903年）进士，授职翰林院编修，在民国时期当过众议院议员，自谓"留心翰墨近四十年"。张申府自幼受过良好教育，毕业于北京大学，他在"五四运动"期间，参与创办《每周评论》，任《新青年》杂志编委；1920年，参与筹建北京共产主义小组；同年12月去法国，任里昂大学中国学院教授；1921年，在巴黎建立共产党小组，是中共旅欧支部负责人。

张申府是中国共产党主要创始人之一，中国罗素研究第一人，也是张国焘、周恩来的入党介绍人，并与周恩来一起介绍朱德加入中国共产党。张申府在大革命时期曾任黄埔军校政治部副主任，后因政见不同而退党。他是"一二·九"运动的重要组织者和领导者。

现在看到的很多周恩来在法国的合影照片中，多有张申府和刘清扬的身影。正是在法国期间，先是张申府介绍刘清扬入党，又由张申府、刘清扬介绍周恩来入党。之后，张申府与刘清扬保持了二十八年的同居关系，并育有一女。

1946年，张申府重回北平后，便住在黄化门街5号。张申府之女张燕妮回忆说："这是一座很大的宅院，分东西两院，我们家住东院，学生联合会在西院。东院有三进院落，雕梁画栋，轩敞雅静。院内花木扶疏，颇为宜人。""新中国成立初，西院的学联想要东院这所房子。为此，市政府请示政务院（现称国务院），周恩来总理亲自批示：'此房继续由张申府居住，自管自修，不交房租。'这样父亲就继续在此住了下来。"1958年，这里要建一所中学，张申府只好搬到了西城区王府仓胡同16号。

1923年底，张申府从欧洲回国，与李大钊久别重逢，十分高兴，他表示希望回到北大继续教书，李大钊写信向胡适推荐，但未获准。张申府猜测，也许是胡适认为他们思想不一致，不便合作。那时，张申府的思想与胡适确实太不一致了，他既信仰马克思主义，又信仰罗素哲学，他在法国巴黎的油印刊物《少年》上写文章，经常用"R"这个笔名，因为英文中"俄国"（Russia）和"红"（Red），以及英国哲学家罗素的第一个字母都是"R"，他解释是"红色的罗素"的意思。

1924年，张申府回国后任黄埔军校政治部副主任，广州大学教授，并推荐周恩来到黄埔军校政治部任职；1925年在中共“四大”期间，张申府与蔡和森、张太雷等人发生意见争执，他不顾周恩来的劝阻而负气退党。继而，在1927年蒋介石实施“清共”政策后，刘清扬也选择了脱党。之后，张申府任暨南大学、清华大学教授；1936年，参与发起组织华北各界救国联合会；抗日战争期间，他在武汉、重庆等地积极从事抗日救亡民主活动；1942年，加入中国民主政团同盟；1946年，代表民盟参加中国政治协商会议。

1948年，张申府在储安平主办的《观察》半月刊上写了一篇《呼吁和平》的文章，正是因为这篇“不合时宜”的文章，给张申府的政治生命带来了毁灭性的打击。同年11月15日，在香港的民盟总部第四次扩大会议上，开除了曾是创始人之一的张申府的盟籍。12月16日，《人民日报》发表文章，“痛斥叛徒张申府的卖身投靠”。

新中国成立后，张申府任全国政协委员、中国农工民主党顾问，也是北京图书馆研究员。著有《所思》《我相信中国》《罗素哲学译述集》《张申府学术论文集》等著作。

1957年，张申府被打为右派。“文革”中张申府更是被挂上了“反动学术权威”和“里通外国”的罪名遭批斗。张燕妮回忆说，他们家住在王府仓胡同，1966年也就是她九岁那年，8月的一天晚上，大约八九点钟，乘凉的人们刚刚散去，一辆卡车疾驰而来，“嘎”的一声停在身边。“这就是张申府家！”一车人跳了下来，然后冲进屋中。这些臂戴“红卫兵”袖章的人大声地嚷着，脸上泛着亢奋的红光，把家里好一阵翻腾。“那个时候，父亲已经远离政治好多年了，但也没有逃脱厄运，常被拉去陪斗……”说到这里，张燕妮眼睛湿了，“那时，家里更冷清了，除了几个‘好友’偶尔悄悄来往，其他人都不怎么敢来了。”晚年的张申府足不出户，每天读书看报纸。张燕妮回忆说：“他很幸运，能在86岁高龄时亲眼看到自己被平反，并在此后担任了两届政协委员。”

1986年7月，张申府逝世，《人民日报》发表讣告称他为“著名的爱国民主人士”，“是中国共产党的老朋友”。

学者雷颐在《中国现代思潮中的张申府》一文中写道：“在大故迭起、思潮激荡的中国现代史中，张申府是位不应忽视却被忽视的人物，姑不论其参与中国共产党的创建、黄埔军校的筹建、民盟的成立等重大政治活动，仅其在唯科学主义、社会主义及自由主义在现代中国的引进、传播和发展中所作的贡献便值得作认真的分析和研究。”

张申府晚年曾回忆起自己的一生，坦言自己最后悔的事情有两件：第一件就是1925年他退出了自己参与创建的中国共产党，另外一件事情则是1948年因发表《呼吁和平》一文而被民盟开除。

4. 青年毛泽东住过的地方

在黄化门街中部向南，有一个三眼井胡同，后因井阻碍交通被毁掉。1965年整顿地名时，将二眼井并入，改称景山东胡同，1981年复称三眼井胡同。

今三眼井胡同61号院，是毛泽东早年在北京图书馆工作时曾经居住过的地方。民国七年（1918年）9月19日，毛泽东为组织新民学会会员赴法勤工俭学，第一次来到北京就住在这里，直到次年3月12日去上海。与毛泽东同住的还有蔡和森、萧子升、陈绍林、罗章龙等。屋小人多，条件艰苦，夜里睡觉，“隆然高炕，大被同眠”。

美国作家斯诺在《西行漫记》里记载了毛泽东对当时生活的回忆：“我住在一个叫作三眼井的地方，同另外七个人住在一间小屋子里。我们大家都睡到炕上的时候，挤得几乎透不过气来。每逢我要翻身，得先同两旁的人打招呼。”罗章龙曾回忆他们寓此期间，为节省开支，自己做饭吃，因是南方人不会做面食，闹出不少笑话。房东是一个腼腆的中年妇女，曾教他们做面食。当时没有自来水，吃水靠水车送水。一位送水的工人也帮他们做饭，不要工钱，只是和他们一起吃饭，相处关系甚好。后来，毛泽东迁居吉安所左巷8号。

毛泽东到北京后，通过杨昌济，经当时北大图书馆主任李大钊的引荐，得到了一份图书馆助理员的工作：在第二阅览室管理十五种中外报纸，登记新到的报刊和阅览者的姓名。毛泽东后来在延安的窑洞里还对斯诺回忆起当年在北大图书馆工作的往事。他不但每月有了收入，而且得以大量阅读各种新奇的书刊，结识北大名流和来自各地的有志青年。毛泽东和陈独秀、胡适之、张国焘等，就是那个时候认识的。

下篇

群英荟萃米粮库

一、陈宗蕃自建“淑园”

20世纪70年代，米粮库胡同东口路北，有两扇坐北朝南的大红门，门楼上方是半圆形的墙垛子，有些“既土又洋”的民国建筑特点。当时这院子已被北京市半导体研究所占用，每天早晚上下班的职工骑着自行车，鱼贯而入，倾泻而出。

其实，细究这院子之“根”，是当年陈宗蕃的私宅“淑园”，建造于20世纪20年代初，至今已有近百年历史。

1. 中西兼容筑家园

陈宗蕃，字莼衷，号淑园。福建闽侯人。光绪三十年（1904年）中进士，官费留学日本，在东京帝国大学学习法政、经济。1910年毕业回国之后，曾在邮传部任职，并以官员的身份参加了末代皇帝溥仪的登基典。之后，随着辛亥革命的爆发，陈宗蕃在银行做过公会秘书、卫生局科长、北平市参议员等。

陈宗蕃十五岁时不幸失去父母，虽家境贫寒，却刻苦读书，努力研究新学，学业优异。如此，正应和了“从来富贵多纨绔，自古贫寒出英才”。

陈宗蕃自1904年进京以来，经过近二十年的打拼，“节衣缩食，薄有余积”。1923年在米粮库胡同东口内路北，置地十余亩，陈老伉俪自行设计，建成一座中西合璧的花园式住宅，定名为“淑园”，并亲自撰写《淑园记》一文，记述淑园建造的过程和现状。在《淑园记》一文中，他是这样解释的：“淑者，善也。非徒景物清淑之谓，因将以淑其身，且以淑吾子孙。”园林学家赵光华在《中国古典名园》序中说：“陈宗蕃之淑园面积较大……园内有山池荷塘，花木极盛。”

陈宗蕃的福建同乡及挚友郭则沄，乃光绪二十九年

今日米粮库胡同东口

（1903年）进士，授庶吉士、武英殿协修。光绪三十三年（1907年），派赴日本早稻田大学留学。陈郭两家，通家之好。特别是在20世纪20年代末，郭则沄落户于景山后街5号，与米粮库胡同咫尺之遥，经常携其孙郭久祺登门拜访陈宗蕃，闲谈品茗。

因此，郭久祺对米粮库胡同及淑园印象极其深刻，他回忆说："淑园总体建筑格局为坐北朝南，两进院落。建成之后，陈宗蕃院宅的东南部，有一排松树隔开，成一片长方形的小园；其南部是一座假山，中部是一片月牙池。池内种有荷花。池的南侧，有洋灰砌成的一个龙头，一个虎头，都能喷水，龙头实际连着自来水，虎头则与井水相通。池子的东北面是一座葡萄架。淑园的东部有个网球场；东北部是一片花木，后面是花房，靠后墙。"

郭久祺说："胡适先生在1930年至1937年曾住在米粮库4号的楼房，就在淑园西边不远处。"

淑园的东墙是一段高大的黄瓦红墙，是皇城内的另一段皇墙；原有一座黄琉璃瓦红门，矗立在米粮库胡同东口，名为"黄瓦西门"，其斜对面就是"黄瓦东门"（中间有地安门内大街相隔），即现在黄化门街西口。民国时，为交通畅通，陆续拆除皇城墙。1927年，又将部分皇城墙分段招商拆卖，于是，陈宗蕃便个人出资买下这段既是自家东院墙，也是分段招商的内皇城墙。此举令该段皇城墙得以保留至今。

2. 脚踏实地写“燕都”

陈宗蕃在米粮库胡同“安营扎寨”后，便一门心思撰写老北京专著《燕都丛考》。自1927年始，至1935年成书，历经八年之久。我国著名语言学家张清常教授评价陈宗蕃的著作说：“《燕都丛考》是迄今所见记述民国时期北京内外城历史，街巷胡同变迁极为详尽的书。”

《燕都丛考》最大优点之一是搜集的资料广泛翔实，其仅引用的书目就有205部之多，既有正史、会典、九通等官修巨籍，也有地方志、私人诗文集，包括宋、元、明、清以及民国等各时代的文字资料，其中有不少资料已经失传。将如此浩瀚烦琐的资料汇集一起，梳理成篇，分门别类，条目清晰，当属不易。

在写作过程中，陈宗蕃不满足于所掌握的文字资料，而是亲自实地踏勘调查，了解实地情况后方落笔。特别是在记述故宫章节时，将宣统出宫前、出宫后，以及太后、太妃、后妃们的居住情况讲述得十分清楚，具有极其珍贵的史料价值。书中重点记述北京城区街道胡同的变迁，其中包括街道名称、曾用名称、街巷位置、沿街重要衙署和古迹、历史掌故、传说逸闻、现状等。由于该书注重调查考证，多为陈宗蕃长期艰苦细致的实地踏勘，使之“语必有征，信之垂后”，因而对老北京的历史研究具有重要的史料价值。新中国成立后，该著作仍旧多次再版，就是证明。

《燕都丛考》的不足之处则是范围有些过窄，仅涉及内外城，而北京许多重要的古迹名胜在郊区，书中均未涉及，实属遗憾。

3. “淑园”频频易主

郭久祺撰文回忆说，历史学家傅斯年于1930年—1933年曾借住淑园的北房；辅仁大学校长陈垣1933年—1937年曾借住淑园的南房。这里所说的“借住”，应该是租住。直至抗日战争爆发，这些“名人住户”方先后搬离。

1937年，陈宗蕃将淑园卖与冯某（曾是黑龙江督军吴

20世纪40年代，陈半丁在其居住的小楼前留影

俊升的管事）后，便迁居至仅一路之隔的慈慧胡同内北月牙胡同。不久，卢沟桥事变爆发，冯某又将该院落卖与吴清源大夫，吴将此宅院改造为“清源医院”。

在地安门居住了六十多年的杨庆生老爷子回忆说，当年在米粮库胡同东口的墙上，就写有“清源医院”四个大字，白底黑字，老远就能看到。他弟弟小时候淘气，把脑袋磕破了，就是在清源医院医治的。

之后，画家陈半丁入住米粮库胡同“淑园”。有文字记载：“为了避开日本人的吵闹，几番周折，在严惠宇、杨济成等友人资助下，购得地安门米粮库四号院宅邸，该院落占地十余亩，院中有园中园五亩，故以‘五亩之园’命之。”如此，“十亩”变为“五亩”，是否将院落分割成两院？余之“五亩”为清源医院所有？尚不得而知。

新中国成立前夕，陈宗蕃与社会名流傅增湘、张伯驹、陈半丁、王雪涛等成立了“北京诗画社”，陈老被推选为会长，每星期聚会一次，吟诗作画，并畅谈古今诗画。推测之后画家陈半丁入住“淑园”，也与陈老“牵线搭桥”有关。

二、胡适的房东——袁祚廙

1930年12月，胡适举家入住米粮库胡同。有文字记载，胡适在米粮库胡同住了六七年之久，这是他在北平居住时间最长的住所。通过查找资料档案以及回忆文章，胡适当年在米粮库胡同宅院的房东为袁祚廙，是大实业家，曾在北平担任电报电话局局长。

1. 通过科举，考取功名

袁家是官宦世家，祖籍贵州修文。四百多年前，袁家的祖上就中了武举人，明朝时官至贵阳守备。自此以降，这个家族代代有功名，鼎盛时期曾连出了三位进士。袁家子弟通过科举而做官，竟绵延十八代之久，令人惊叹和羡慕。直至清末，袁照黎中举，当了两任知县，后升任督办黄河水利的观察使。到了其儿子袁祚廙时，科举制度被彻底废除了。

由于前辈世代为官，袁家多与豪门联姻。袁祚廙的姐妹分别做了晚清盛京将军赵尔巽的儿媳、安福国会选出的“大总统”徐世昌的儿媳。袁祚廙因精通文墨，在袁世凯新军中从文书做到幕僚。当北洋政府向日本借款的时候，他是“官小油水大”的营口海关负责人，捞到不少油水。

辛亥革命以后，袁祚廙在道台的太师椅上席未暇暖，就只得挂冠而去，躲进了天津的租界。他在那里建了新式洋房，娶了三房姨太太。总共生育了十六个子女（长大成人的只有九个）。

随着北洋军阀攫取辛亥革命的果实，袁祚廙利用他的“原始积累”和与军阀政客们的关系，开始“二次创业”。据袁祚廙的孙辈陈必大撰文说：“他先是摇身一变，成了北洋政府凤阳盐关的总监。后来又当上了山东枣庄中兴煤矿董事长和北京电报电话局的局长，同时还在北京经营房地产和当铺，开了面粉厂和油坊。”

这是袁家历史上最为风光的年代，别说家中三妻四妾，呼仆使婢，出门不仅有马车，还有汽车。但毕竟在军阀混战的年代，所有一切都充满了不确定性。

2. 洋楼转租胡博士

袁祚廙的儿子袁永熙回忆说：“1928年，我4岁的时候，全家又迁移到北平，住在景山后街米粮库胡同一幢两层楼房里。第二年，父亲就因脑溢血去世。米粮库胡同的楼房转让给了回国的洋博士胡适。全家搬到北兵马司一座四合院里。财产日渐减少，靠着卖古董、字画度日。虽然家道中落，供孩子们上学还是舍得花钱的。”

据当年到过米粮库胡同袁家的朱文长教授回忆说，这是个很阔的大红门，里面是一个栽满花木的院子，北头一座相当大的红色洋楼。这房屋的东家，大概过去很有点势力，所以平台的石栏和小径的瓦砌，都是从圆明园搬来的旧物。

袁永熙那年才十二岁，父亲的“肥缺”丢了，买卖亏了，最后人也没了。但“瘦死的骆驼比马大”，虽家道中落，袁祚廙的子女却均接受了现代高等教育。

袁永熙的大哥袁永辉清华大学毕业后，进入南开大学经济研究所；二姐袁永熹，毕业于燕京大学，与清华大学外文系主任叶公超结为夫妻；五姐袁永懿，毕业于辅仁大学，丈夫是清华大学教授孙国华；弟弟袁永宝当时年纪虽小，也受到两位兄长的思想影响，倾心于抗日和民主活动。袁永宝1941年离开北平的家，辗转到重庆，1942年考入复旦大学，参加爱国民主运动。

袁家后人不仅跻身于新知识分子阶层，而且大多投入到中国共产党领导的革命斗争中。在拯救民族危亡的年代里，他们聚集在爱国主义的旗帜下，毅然脱离了原有阶级的家庭。

袁永熙1938年考入西南联合大学经济系，同年加入中国共产党，任中共西南联大总支部书记、宣传部长。但他最知名的身份是蒋介石幕僚陈布雷的女婿，这个身份也正好为他们夫妻二人开展地下工作提供了很好的掩护。

1947年8月10日，袁永熙和陈琏在北平成婚。隆重的婚礼在东交民巷六国饭店举行，国民党军政要员、社会名流及北平市市长何思源均应邀而至。北大、清华校友们还送了一套《鲁迅全集》作为礼物。

3. 袁家的儿媳，陈布雷的爱女

袁永熙的妻子陈琏年轻时很激进，不顾父亲陈布雷的反对考入杭州高等学堂。1939年7月，她加入中国共产党。同年她考入昆明西南联大，并在那里认识了袁永熙。1942年，陈琏赴重庆中央大学，1946年毕业后赴北平贝满中学做教师。

当时，供职南京国民政府的陈布雷，对女儿陈琏的婚姻非常关切，对未来女婿的出身和职业进行了“政审”。他暗中委托国民党北平市副市长张伯瑾详查袁永熙其人，结果是，袁永熙人品才学俱佳。而且，外交部次长叶公超是袁永熙的姐夫，孙国华教授是他另一个姐夫，吴晗教授是袁永熙的好朋友，朱自清教授则和孙国华相熟，对袁永熙十分赏识。陈布雷听了这些溢美之词，欣然接纳了这位门当户对、品行端正的乘龙快婿。

婚后一个月时间，陈琏夫妇突然被保密局北方区逮捕。由于陈琏夫妇坚决不承认自己是共产党员，保密局无法确定他们的政治身份，便押送南京。当蒋介石听到被捕人员中有陈布雷的女儿和女婿时，大吃一惊，后来特务们反复追查陈布雷并确认其没有泄露机密给女儿，蒋介石才放心。蒋对陈布雷说："我知道，你对党国是忠心的。这样吧，你可以把女儿领出来，要严加管束。"1948年4月，由国民党外交部次长叶公超作保，袁永熙也被释放，并得到一个美差——国民党中央信托局敌伪资产处置科科长，而学历史出身的陈琏则到国立编译馆工作。

1948年11月12日，辽沈战役结束后，陈布雷感到国民党大势已去，在决心服毒自杀前与女婿袁永熙谈话时说："我一生最大的错误，是从政而不懂政治，投在蒋先生手下，终至不能自拔。"又说："政治这个东西不是好弄

20世纪30年代的陈琏

的，你和怜儿（陈琏乳名）像现在这样，凭自己的本事，做点对社会有益的事，不是很好吗？千万不要再卷到政治中去了。千万！千万！”

陈布雷先生做了半辈子官，而且是大官，但从不搞特权，生活上清苦俭约。抗战时在重庆的伙食尤其简单，与部属同桌吃饭，衣着朴素，人所共见。房间里家具装饰也很简单，会客室中只有三只旧沙发，配给他用的汽车，从不许家人使用。对于贪官污吏和各派特务，陈布雷先生更深恶痛绝。

新中国成立后，陈琏任青年团中央委员。袁永熙任清华大学党委书记，1956年被划为右派，夫妻二人被迫离婚。之后，陈琏带着三个孩子到了上海。她被任命为华东局宣传部教育处处长，在这里度过了生命的最后几年。“文革”开始后，陈琏即遭批斗，被定为叛徒，于1967年11月自杀身亡。

1979年，在陈琏被甄别平反时，胡耀邦总书记对陈琏曾有8字评价：“家庭叛逆，女中豪杰。”

4. 袁家的女婿叶公超

叶公超是袁祚廙的女婿，他的妻子是袁家的二女儿袁永熹。1931年6月，时为清华大学教授的叶公超和燕京大学物理系毕业的袁永熹结婚。胡适在6月21日写给梁实秋的信中说，“公超为结婚事忙”，“公超三十日结婚，七月底可回北平”。

叶公超的妻子袁永熹，比叶公超小两岁，是位荆钗布裙、不饰铅华的物理学家，性情爽朗，待人热忱，生活俭朴。当时她在燕京大学物理系就读时，被誉为燕京的“校花”。

叶公超成为袁家女婿时，袁家已经走向衰落，搬离了米粮库胡同。叶公超在北京大学英语系任教期间，却因胡适之故经常往来米粮库胡同。

1935年，叶公超应胡适邀请就任北大英语系教授。1936年7月中旬，他从清华园搬到北平城内地安门西大街前铁匠营5号。叶公超的书房在西厢房，这里也是接待朋友的地方。房中的家具还是以前用的那些，陈设着满堂硬木家具，显得富丽堂皇。北房的廊檐很宽，通到东面另一个院子。廊檐外有两棵树和许多花花草草，还堆砌着几块太湖石。这所新居虽然看不到竹影婆娑，却有花木扶疏，而且十分幽静。如果想散步，出胡同十分钟就可走到北海的后门，多走几步，就可到地安门外鼓楼一带的古玩铺、地摊逛逛。同时，他还可以随时溜达到米粮库胡同胡适家，十分近便。

叶公超婚后不久，学生赵萝蕤去家中拜访他，“看见一位女子坐在书桌旁椅子上看书。经叶先生介绍，才知道是他新婚的夫人袁女士，燕京大学物理系毕业的。可是房里没有新添像是新婚家庭的家具和摆设。新婚夫人也是一般穿戴，不像一个新嫁娘。坐下谈话时，我看见背后书架上有红皮脊烫金字和图案十分耀眼的书，以前在他书架上不曾看见过。叶先生告诉我，是胡适、温源宁十位老朋友赠送的结婚礼物路卡斯编的《兰姆全集》和路卡斯写的《兰姆传》。叶先生最喜欢兰姆的文章，朋友们特意买了这套书作为结婚贺礼。”

叶公超是真正的书香门第，官宦世家。曾祖父是进士，官至军机章京，辞官后主讲越华书院。祖父是举人，三品衔的江西候补知府。父亲曾任九江知府。叶公超早年丧父，在叔父叶恭绰的监护下长大。叶恭绰早年毕业于京师大学堂仕学馆，后留学日本时加入孙中山领导的同盟会。曾任民国政府交通总长，为“交通系”首领。

叶公超五岁时，家人为他延聘教习，习画写字，修

英姿勃发的叶公超

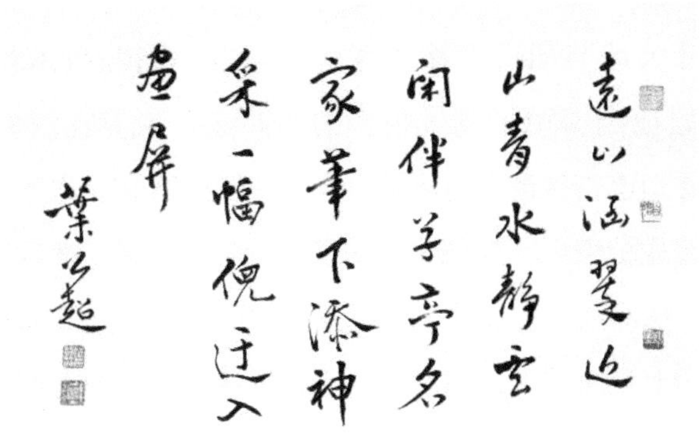

叶公超书法

读经史，间学英文。九岁时，他被送到英国读书两年，后又被送到美国读书一年。十三岁时，叶公超以同等学力资格考入天津南开中学。“五四运动”时，天津南开中学率先响应。十六岁的叶公超加入著名的“南开救国十人团”，参与游行、演讲，十分活跃。叶恭绰怕叶公超受到“五四”影响，荒废学业，未等其毕业即安排他出国留学。1920年，叶公超赴美国留学，获麻省赫斯特大学学士学位，后又转赴英国，1924年获剑桥大学文学硕士学位。

当年鲁迅逝世后，叶公超通宵达旦地读完了鲁迅作品。虽不认同鲁迅的杂文，但十分欣赏鲁迅的散文和小说。他在发表于天津《益世报》副刊的文章中，极力褒扬鲁迅，认为其散文作品超越胡适和徐志摩远矣。这惹得胡适非常不快，他曾当面对叶公超说：“鲁迅生前吐痰都不会吐到你的头上，你为什么写那么长的文章捧他？”叶公超告诉胡适：

“人归人，文章归文章，不能因人而否定其文学的成就。”

叶公超与胡适、徐志摩皆为好友，而与鲁迅没有交集。但他能够抛开投桃报李的小圈子，说真话，实属难得。要知道，鲁迅生前可是没少“骂”胡适和徐志摩。

抗战结束后，叶公超告别了十四年的杏坛生涯后，投笔请缨，从欧洲司长、外交部政务次长，直至外交部部长。虽说官场上顺风顺水，但后来的家庭生活却不尽如人意。

叶公超与妻子袁永熹的婚姻，本来是令许多朋友羡慕的，但却被叶公超的坏脾气所破坏。比如在婚后不久，吴宓到叶公超家去吃饭，因为饭菜的味道不佳，叶公超便当着吴宓的面对妻子大发脾气。袁永熹当时一言未发，等叶发泄完之后才说：“作为主妇，饭菜不合口味，我有责任。但是你当着客人的面发脾气，也是不合适的。”

在以后的日常生活中，夫妻关系越发紧张。抗日战争爆发后，袁永熹带着子女移居美国。此后，袁永熹一直在美国加州大学从事研究工作，退休后过着隐居生活。

在叶公超生命的最后四十多年中，他们夫妻聚少离多，二人的婚姻已是名存实亡。叶公超赴美公干时，只有在外交需要非出面不可的时候，袁永熹才会迁就一下叶公超，出席一些交际应酬场合。除此之外，他们几乎不来往。叶公超常感叹妻子儿女虽各有所长，可惜对中国文化太隔膜，意谓不能理解他的追求与事业。

叶公超在他晚年的文章《病中琐记》中感慨万分地

说：“生病开刀以来，许多老朋友来探望，我竟忍不住落泪，回想这一生竟觉得自己是悲剧的主角，一辈子脾气大，吃的也就是这个亏，却改不过来，总忍不住发脾气。”叶公超的晚年是可怜的，据说他在弥留之际还在不断地念叨：“我的家人，我的太太，女儿都要回来看我啦。”护士说：“听着真可怜。”

1981年1月20日，叶公超走完了自己的人生，终年七十八岁，临终之际，身边没人。太太袁永熹也没有回来，只是以未亡人的身份送了一副挽联。

1995年，袁永熹也在美国加州悄然去世，终年九十二岁。从此，夫妻二人地下相见，但仍旧无缘同椁。

对于叶公超，著名华人华侨领袖陈香梅是这样评论的：“叶公超是个性情中人，他是个读书人，有报国的雄心壮志，他爱自己的国家和民族比爱自己多多，他也是一位怜香惜玉的才人，他对不少女人有不同的情感，但他不可能是理想的丈夫，他的婚姻是失败的，我们不须替他辩护。他爱的国家，他爱的女人都使人失望，有负于他，这是一个大讽刺，也是一场悲剧。”

三、胡适在米粮库胡同的日子

1930年12月，胡适离开上海再次北上，携家带口入住米粮库胡同4号院。这是他在北京居住时间最长的“家”，共有六七年之久。其间，胡适的名声和地位节节攀高，绝非通常意义上的文化名人。从胡适私人档案保存的来往书信中我们可以看到，既有国民党的党政军要人，如蒋介石、汪精卫、蔡元培、吴稚晖、胡汉民、廖仲恺、李宗仁、张学良等人；也有共产党的领导人，如陈独秀、李大钊、毛泽东、周恩来、恽代英、瞿秋白诸人；还有一大批社会知名人士和中间派代表，如梁启超、马君武、林长民、丁文江、章士钊、张君劢、张东荪、梁漱溟、杨杏佛等。与此同时，由于米粮库胡同距离北京大学仅一箭之地，许多青年学生也没放过这一难得的机会，拜访“胡博士”的“粉丝”络绎不绝。

1. 举家入住小洋楼

1929年，胡适因连续发表批评国民党政府的文章，受到警告、围攻、查禁等胁迫。1930年5月，他被迫辞去上海中国公学校长之职。胡适在“公学”任职时间很短，满打满算才二十个月，但他的所作所为却可圈可点，对中国公学在多方面进行了大刀阔斧的改革，极大地改善了学校状况，促进了学校发展。

11月28日，当胡适确定就任北京大学文学院长、中华教育文化基金董事会负责人的职务后，他便从上海迁居北平，同行的还有他的妻儿以及秘书罗尔纲。

胡适在地安门米粮库胡同4号的新居，较之前住的陟山

胡适与夫人江冬秀及儿子胡祖望（后左）、胡思杜（后右）

门住所更为宽敞，院中嘉树成荫，清新整洁，有车库、锅炉、洗浴室和卫生间；房间不仅高大，间数亦多，但最大的变化是买了汽车。之前住在钟鼓司和陟山门时都是自备人力车，再雇人拉，如今经济比较富裕了，胡适上下班外出可以坐汽车，还有朋友坐，妻子江冬秀有时也坐，只有两个儿子不准坐。胡适说，这不是为了节省几个汽油钱，而是教育小孩，不要养成“幼年享福，从小摆谱”的坏习惯。

罗尔纲在《师门五年记》一文中，对胡适的新家做了详细的描述：“米粮库四号是一座宽绰的大洋楼。洋楼前是一座很大的庭院，有树木，有花圃，有散步的广场。庭院的左边是汽车间。从大门到洋楼前是一条长长的路。从洋楼向右转入后院，是厨房和锅炉间，还有一带空地，空地后面是土丘，土丘外是围墙。走上土丘，可以瞭望。洋楼共三层，一楼入门处作客人挂衣帽间，进入屋内，左边是客厅，右边是餐厅。客厅背后很大，作为进入大厅的过道……从那里向东就进入大厅。这个大厅高大宽阔，原来大约是个大跳舞厅，胡适用来作藏书室。大厅的南边是一间长方形的房，是胡适的书房。”

历史研究学者胡不归在《胡适之先生传》中记述道：“他的书房光线很充足，很静、很干净，有活动座椅，有沙发，有电灯，有煤炉。书桌边有二三个书架。书房外五大间，陈列的中西文书籍有五十多个书架。卧室、餐室、会客室、客房、厕所和洗浴间，也都有书。他的厕所，是西式抽水马桶，很干净，真可以洗苹果。马桶边放着几册书，一札纸，一支铅笔。”

米粮库胡同4号房间多，三层楼，向南最大的一间房是胡适夫人江冬秀的寝室，另有几间是胡适的两个儿子胡祖望、胡思杜的寝室，以及家里的用人住房等。即便如此，还是有多个空余房间，于是成为胡适的堂弟胡成之、弟子罗尔纲的客房。徐悲鸿、徐志摩、丁文江等朋友来北平时，也应邀住进小洋楼。当时，上海亚东图书馆派人来编辑胡适著作，大厅过道的房间就成了编辑人员的工作间和寝室。《独立评论》刚创刊时，编辑部也在他家开会办公。

由于空间宽阔，胡适家便成为朋友和文化人的聚集地。来这里吃饭叙旧的每一个客人，都会禁不住夸奖这个院子的摩登、舒适；这令胡适夫人江冬秀满心欢喜。

八十多年后的今天，在米粮库胡同中已然难见胡适故居的遗迹，特别是罗尔纲所描绘的“洋楼”更是难觅遗迹。有“知情”者说，现如今的米粮库胡同4号，就是当年胡适所住的院落。答案是否定的，如今这个4号院落（原21号），是地地道道的老北京四合院，既不是花园洋房，也没见嘉树成荫。

胡适的侄子胡友立、胡文立撰文说：“胡适在北京居住最长的寓所，要算是米粮库4号，我们也去看过，并作了调查。现在的4号，是以前的21号；而原来的4号，解放前后是画家陈半丁的住家。但在1950年到1951年时，原来4号以及附近的住户，突然全部搬走了。究竟什么原因不得而知。有书上说是某中央领导去住了。”

根据各方面的文字记载，邓小平在米粮库胡同的故居，就是先前胡适故居的原址。李克农之子李力，回忆父亲在米粮库胡同居住的日子里时就说到：父亲住的院落很宽阔，据说以前是洋博士胡适的公馆。此说具有重要的参考价值。

2. 胡适与鲁迅及其他

胡适是文化名人，人们都以与之相识、相见为荣。胡适在北大任教期间，曾吸引众多学生前去听课，以至后来将上课教室设在北大最大的礼堂内。

由于胡适的地位和影响，以及工作之故，他与当时的众多文化名人交往甚密，鲁迅就是其中一个。

胡适与鲁迅的交往早在1917年就开始了，当时鲁迅无论是住在绍兴会馆，还是在八道湾，胡适都曾去拜访过。1918年5月，鲁迅在《新青年》杂志上发表了短篇小说《狂人日记》，引起极大的反响，被称为中国现代小说的开山之作。鲁迅十分高兴，请胡适来吃饭，一道放过辣椒的梅干菜扣肉和其夫人朱安自制的油炸白薯饼让胡适百吃不厌。那年，二十七岁的胡适已经是北京大学的教授。

这期间，胡适经常与鲁迅凑在一起吃吃喝喝，两个人是志同道合的朋友，共同的主张是提倡白话文，反对文言文，反对旧道德、旧礼教，提倡科学民主。在此后的六七年间，胡适与鲁迅的来往比较多。仅《鲁迅日记》记载，鲁迅寄胡适信十数次，得胡适信十封。他们之间互访过，也在一起小聚闲谈；而更多的是写作和学术上的交流，互赠资料和自己的作品。两人后因政见相左，观点不同，发生裂痕。

鲁迅对胡适的某些政治言行，嫉恶如仇，给予了无情的揭露和讽刺。这是尽人皆知的。然而胡适却相反，表现出少有的襟怀。他从未和鲁迅直接交锋过，也没有与他进行过笔战，更没有表现出对他人格的不恭。1929年9月4日，胡适给周作人写了一封长信，十分感慨地说："生平对于君家昆弟，只有最诚意的敬爱，种种疏隔和人事变迁，此意始终不减分毫。相去虽远，相期至深。此次来书情意殷厚，果符平日的愿望，欢喜之至，至于悲酸。此是真情，想能见信。"胡适对鲁迅的大度和超然，恐怕就源于这种"敬爱"的"真情"。

罗尔纲在《师门五年记》中写道："鲁迅在30年代初经常在报上用杂文骂胡适，他们多年不见了。思杜告诉我，有一次，那是个冬天，鲁迅来北京，到胡适家探访，在将进书房时边笑边说：'卷土重来了！'思杜赶着去帮他接大衣。"但还有不同的说法是："鲁迅在北大等校演讲，大发牢骚：有人怕我卷土重来，我便卷土重去！"但胡适对此并不记在心上。

在鲁迅去世之后，作为过去的同事和朋友、作为同是文化界的名人，胡适同意被增补为鲁迅先生纪念委员会的委员，并为许广平出版《鲁迅全集》之事尽力帮忙。

1943年元旦，胡适花费二十美元购得《鲁迅三十年集》，连日集中阅读不曾读过的文章，这是胡适卸任驻美大使之后购读的第一套大书。文豪已逝数载，赞者、弹者各执一词，胡适的态度如何便格外引人注意。须知，鲁迅骂过胡适是“帮忙文人”，是“日本帝国主义的军师”，还骂过胡适“厚颜”，“和官僚一鼻孔出气”，但胡适不曾回骂过一句刺耳之言，并阻止苏雪林、陈西滢对鲁迅的回击和不恭。胡适认为“旧文字的恶腔调，我们应该深戒”；并客观地评价说：“鲁迅自有他的长处，如他的早年文学作品，如他的小说史研究，皆是上等工作。”但出于他的政治立场和思想偏见，对鲁迅的思想发展及其作品（主要是后期杂文）难免有所误解和贬低。

1958年5月4日，胡适在台湾有一个很长的讲话，说到新文化运动时，他说：“我们这班人不大十分作创作文学，只有鲁迅喜欢弄创作的东西，他写了许多随感录、杂感录，不过最重要是他写了许多短篇小说。”直到晚年，胡适能如此评价鲁迅，也是很难得的。

学者欧阳哲生撰文说，胡适与鲁迅早年为战友，后来成陌路，如此种种，胡适当然不健忘，不糊涂。但他没有还之以牙眼，特别是在鲁迅已成故人，他大可借机洗刷一番之时，胡适更没有，他依然如在鲁迅生前一样，一无辩白。让帮忙，则倾心帮忙；让当委员，则绝不推辞，只要《鲁迅全集》顺利出版，胡适先生乐于无私奉献自己之所能，可以说是有求必应。

此外，胡适当年还与陈独秀、李大钊等北大同人共事，特别是与陈独秀共同主办《新青年》《每周评论》；陈独秀堪称新派独一无二的思想领袖，而胡适则为新文化运动的领袖人物之一；两人曾影响了一代青年学子。虽然他们的政治主张不尽相同，事业也不尽相同，年龄相差十二岁，但胡适认为陈独秀是心直口快的老朋友。特别是1917年1月，蔡元培出任北京大学校长，聘任陈独秀为文科学长时，在陈独秀的热情推荐下，胡适提前于1917年6月回国，9月到北大就任文科教授。

尽管以后他们在政治思想上的分歧，已到了水火不容的地步，但是在陈独秀被捕入狱后，胡适还是多方营救。他写信给罗文干，请罗将陈独秀案付司法审判。陈独秀在狱中时，胡适还前往狱中探望，并完成陈独秀所交办的事情。如此，胡适的表现无论在当时还是现在都不是常人能做到的。

胡适还与梅兰芳、齐白石等艺术家友谊深厚，交往频繁。在他们遇到困难，或是需要帮助时，胡适总是尽其所能，决不食言。当齐白石提出请胡适为其作传记时，当时胡适就任北京大学校长，时局动荡，工作极为繁忙，但胡适还是答应了白石老人的请求。

齐白石长期居住北平，对胡适的声誉久已仰闻，只是无缘当面倾谈，直到1945年末，为了表明对胡适的仰慕之情，白石老人刻了一枚篆字阴文“适之”石印送给胡适，胡适异常欣喜。当然，白石老人不会平白无故送人礼物的。

1946年秋，齐白石登门拜访胡适，提出请胡适为他写传记，并将他自撰的《自状略》《白石诗草》《日记》等各种材料交给胡适。胡适很感谢白石老人对他的信任和付托，当即答应了他的请求。当时胡适因工作之故，直到第二年（1947年）才抽出时间研究齐白石的材料，并在离开大陆之前与同事邓广铭等共同完成了《齐白石年谱》的写作。

3. 在“四十大寿”那天

1931年冬，胡适在米粮库胡同4号家中做了四十大寿。那时按照北方的风俗，做寿要摆寿堂，吃寿桃、寿面等，亲友要送寿礼，还要请艺人来家吹吹唱唱一番。

石原皋在《闲话胡适》书中回忆说：“他那时住的房子宽敞，在家中请几桌客，是绰绰有余。那天不是吃徽州锅，而是请菜饭馆派厨师到家中来做的。他家平常请客，总是忠信堂（福建馆）和庆林春（四川馆）二家菜馆，那天，我不知是哪家菜馆了。”据说那天也没有摆寿堂，没有叫堂会，嘱咐亲友不要送礼。只有他的朋友和学生送了一幅寿屏，是傅斯年、俞平伯、闻一多、冯友兰、朱自清、毛子水等联名赠送的。

有文字记载，当天，胡适还收到了两篇别致的生日贺词，一篇是赵元任拟词、毛子水手书的《胡适之先生四十正寿贺诗》，另一篇是魏建功写的《胡适之寿酒米粮库》。魏建功这篇是套用平话体裁写的。取名含有“寿酒”，是因为当时胡适已戒酒了，但作者认为，“这次生日应该替他开戒，好比乡下老太婆念佛持斋，逢了喜庆，亲友们来给她开了斋好饱餐肉味一样。”

魏建功这篇文章写就后，钱玄同首先看到，他当时正和黎锦熙一起倡导国语，普及通俗文化，就恭恭正正抄了一通，裱成长卷，胡适收到的就是这份署名“魏建功著、钱玄同书”的《胡适之寿酒米粮库》。但魏建功和钱玄同在送给胡适时，也把它送到照相馆拍摄，印成12张照片，他俩各留一张，其余十张分送给参与祝寿的十个好朋友——白涤洲、马廉、缪金源、丁仲良、黎锦熙、黄文弼、徐炳起、周作人、庄尚严、孙楷第。

另外，胡适的夫人江冬秀送了一枚戒指，上面刻着“止酉”两字。众人不解，席间要求夫人说明缘由。不识字的江冬秀笑着说，丈夫身体素来虚弱，不宜多饮酒，而他又酷爱喝酒，因此特制戒指一枚，劝他戒酒。并解释说，“酉”是“酒”字的省写。众人听了，开心大笑不止。

据说胡适一直将这枚戒指带在身上，每当有些场合朋友起哄劝酒时，胡适就将戒指拿出来救驾。其实胡适喜欢喝酒，特别是在人多高兴时，喝酒助兴，而且他又经常为人证婚，饭局也比较多。

在一次婚宴上，主人一桌只给备了一壶酒，一圈下来酒就喝完了，胡适让服务员添酒，服务员说，新娘是节酒会的会员，不让客人多喝酒。胡适听了，从身上掏出一块钱交给服务员，说："不关新郎新娘的事，这是我们几个朋友今天高兴，要再喝几杯，赶快拿酒来。"所以，江冬秀才送了这枚"止酉"的戒指。

郭存孝先生说，1931年12月17日乃胡适四十岁生日，徐悲鸿特意画了一幅国画《马》，亲自送到胡适家为大学兄拜寿。对收藏文物字画兴趣一般的胡适，十分激动地收下了徐悲鸿的厚礼，他很高兴地把这幅《马》挂在进门的大照壁上，一方面引以为荣，另一方面让所有来客共赏艺术珍品。

生日宴后，江冬秀热情地招呼大家坐下来打牌，不打牌的，三三两两围在一起喝茶、抽烟、嗑瓜子、聊天。胡适当年在北大的同事、好友贺麟写文章回忆说："他的日常生活很随便，不拘小节，夫人江冬秀好客（爱打麻将），因此我们常到他们家串门，闲谈、打麻将并吃饭。他回家碰上我们玩牌时也不说什么，有时还坐下来打上一圈两圈的，他过生日时很热闹，常常有十来桌人吃饭打牌……"

胡适一生只有一次婚姻，这唯一的姻缘是家母之命、媒妁之言。其实，胡适与妻子江冬秀相伴终生，还是有一

胡适与夫人江冬秀

些原因的。除去没文化，识字不多之外，江冬秀在其他方面都算得上贤惠的妻子。江冬秀作为胡家的媳妇，能够孝顺公婆，能烧制香美的徽州菜，对男人的起居生活关心备至，就足矣啦。

4. 为人师表，仗义疏财

按照当年胡适的经济收入，买房子置地的资金还是有的，但是胡适始终没有在北京和上海买半间房。除了必要的生活开支外，他的收入首先要用于购书籍、买敦煌卷子。其次是资助年轻学生，如对沈从文等尚未成名的青年作家，以及太平天国史专家罗尔纲在生活上和经济上的无私帮助；一些青年学子负笈海外，经费不够，胡适也资助他们。再有就是资助社会研究和野外地质调查。

胡适在上海中国公学任职时，还对吴晗大力栽培。吴晗考北大，数学得零分，没有录取。又考清华，因清华不考数学，他被录取了。胡适当即取出钱让罗尔纲给吴晗交学费和膳食费用，并写信给清华的负责人翁文灏、张子高，请给吴一个半工半读的机会。

胡适的一生基本上都是在教育领域、教育机关。或教授北大，或在学术机关，最后是在“中央研究院”度过的。他在这个领域培养了很多有影响的学生，像历史学领域的罗尔纲、吴晗、顾颉刚。文学领域也有受过他提携和帮助的。林语堂在国外留学时资金告急，写信回来向北大求助，表示自己将来愿意回北大工作，但是要先借给他一点钱。胡适接到这封信，立即给他汇了两千美元。林语堂还以为是北大寄给他的，回来以后还钱给北大教务长时，才知是胡适自己掏腰包汇给他的。

林语堂对这一件事感慨良多，曾撰文指出胡适无论在“道德文章”“人品学问”上都“足为我辈师表”。另外像沈从文，也受过胡适的提携。他没有上过大学，但是胡适请他到中国公学去教书。这对他可以说是很大的提携。胡适不是研究自然科学的，但是自然科学领域也有他几位很有成就的学生，物理学家吴健雄，就是他在中国公学时教过的学生。

再如，胡适曾借给青年学子陈之藩一张四百美元的支票，资助他去美国留学。后来陈之藩汇款还给胡适并写信致谢。胡适回信说：“之藩兄，谢谢你的来信和汇票。其实你不必这样急于还此四百元。我借出的钱，从来不盼望收回，因为我知道我借出的钱总是‘一本万利’，永远有利息在人间。”陈之藩回忆说：“每读这封信时，并不落泪，而是自己想洗个澡。因为我从来没有过这种澄明的见解与这样广阔的心胸。”

5. “我的朋友胡适之”

胡适的老友黎东方回忆说，适之先生在北平，住在米粮库胡同。每一个星期天，他一定在家，而且任何客人可以不经守门的老仆传片，直入书房（从星期一到星期六，就门禁很严，除非是至亲好友，休想通过门口老仆的那一关），畅所欲言。

20世纪30年代，“胡适之礼拜”在他的米粮库胡同4号院几乎形成了一种接待访谒的公开制度：“每星期日上午九点至十二点，为公开见客时间，无论什么客来都见。”有时候一个早晨见二三十个客人，通常一天五十多位客人。访客无论身份，胡适一律称其为“朋友”，故一时之间，胡适的“朋友”遍天下。“我的朋友胡适之”，成了那个时代一句十分有调侃味道的流行语。正如林语堂所形容，胡适之的米粮库，“无论谁：学生、共产青年、安福余孽、同乡客商、强盗乞丐，都进得去，也都可以满意归来。穷窘者，他肯解囊相助；狂狷者，他肯当面教训……问学者，他肯指导门径；无聊不自量者，他也能随口谈几句俗语。到了夜阑人静时才执笔做他的考证或写他的日记。”

胡适待人和蔼，对年轻人尤是。他在北京大学做教授时，因为学识渊博、性情温和、胸怀开阔等缘故，很受学生欢迎。而胡适自己也十分乐意与他们交往。

著名历史学家何兹全在北大读书时，听过胡适的课，也很佩服他。一次，大概是出于好奇，何兹全也去了胡适在米粮库胡同的4号院，只见宾客满座，都是年轻学子。他们与胡适有问有答，有讨论，有辩论，气氛热烈，高兴和谐。胡适的夫人江冬秀曾笑言：“这是胡适之做礼拜呢！”

在胡适成名之后，且不说他的同学和朋友，仅他家乡的亲戚老乡前来攀附的人就成群结队。他们或登门求学，或请求介绍工作，或慕名拜访；胡适的夫人江冬秀本人没有工作，接待亲戚同乡几乎成了她的一大职业，来者不拒，访客自然越来越多。在北京的“胡宅”几乎成了安徽会馆。

如此，因来访者太多，不得不统筹安排，以保证自己的教学研究工作能正常进行。所以，胡适每周日特别腾出半天时间来接待客人，他戏称为“做礼拜”，也是万般无奈之举。就连身在皇宫的废帝溥仪，也忍耐不住打电话给他，要求一睹胡适博士的风采。

胡适待人诚恳，做学问，他提出“做学问要在不疑处

胡适当年亲笔书写其名句

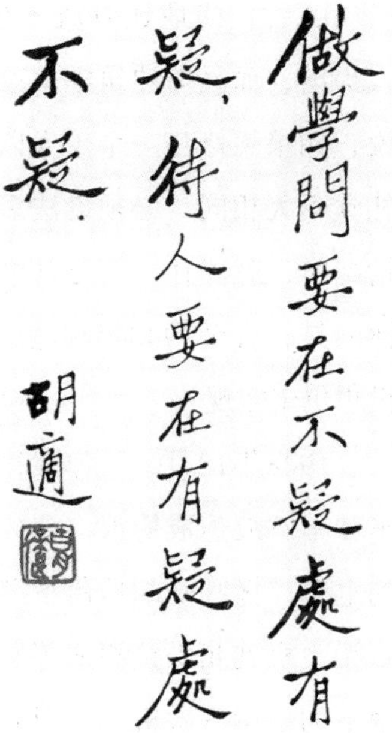

有疑”；做人；他说“待人要在有疑处不疑”。在那个没有“朋友圈”的时代，胡适有着最广泛的朋友圈。

6. 北平遗存捐北大

胡适在任职北京大学校长时曾屡次向人表示说，蔡孑民（蔡元培）任北大校长期内，修建了一座红楼；蒋梦麟任北大校长期内，建造了一座图书馆……胡适在做校长期内，也总想为北大修建一座值得永远纪念的建筑物，他设想能建一座大礼堂。

以后，胡适还真就“建礼堂”正式向北大总务负责人提出，而且与建筑学家梁思成几次商洽此事。梁回复他说，如果想修建一个千人以上的礼堂，那就要和一般小型礼堂不大相同，必须设法多造出入口，以便一旦发生紧急情况时，就能在一两分钟内把礼堂内的人员全部疏散。遗憾的是，直至1948年胡适离开北平之日时，“建礼堂”的设想仍未实现。

1948年12月，平津战役已近尾声，傅作义与林彪就北平和平解放达成协议，解放大军已兵临城下。此时，四野的电台广播呼吁胡适留下继续担任北大校长。此后，蒋介石派飞机到北平接胡适等文化名流。来使告诉胡适，这是南下的最后一次机会。但儿子胡思杜执意留下，胡适的妻子江冬秀为此感到很难过，不愿意扔下小儿子，却又没有办法，只好给他留下些细软和金银首饰，让他留着结婚用。

邓广铭回忆道：“当时思杜不愿意随胡适南飞，他刚从美国回北平不久，对国内这几年的情况不熟悉。他说：我又没有做什么有害共产党的事，他们不会把我怎么样。结果胡适夫妇就把他留下了。”

1948年12月14日，教育部长朱家骅从南京来电报，说派专机到南苑接胡适，要他邀请清华大学教授陈寅恪全家一同南来。由于当时城门紧闭，车子到了宣武门就出不去了，胡适急忙给傅作义打电话。联系上之后，傅说，你们明天到中南海司令部来换我的车，否则你们的车出城后也回不来了。邓广铭回忆说：“当时，胡先生说，明天要走不了就不走了。胡先生的稿子有些就放在他住的那间房子里，他对我说他最主要的稿子是《中国哲学史大纲》中卷，可这稿却放在书库里，仓促间找不出来，所以能带走的只有有关《水经注》的稿子，这说明他事先绝对没有走的准备。”

由于走得匆忙，胡适来不及与北大同事告别，仅仅留下一张便笺，“今早及今午连接政府几个电报，要我即南去，我就毫无准备地走了。”胡适走时，把装有书籍、手稿、日记、照片等珍贵物品的箱子全部留在了北平东厂胡同。

北平和平解放后，胡适留在大陆的儿子胡思杜被派到华北人民革命大学（中国人民大学的前身）政治研究院学习，在学习会上他踊跃发言，表示要与父亲划清思想界线；1950年9月22日胡思杜在香港《大公报》上发表了《对我的父亲——胡适的批判》，言辞尖锐，锋芒直指胡适；此后，胡思杜被分配到唐山铁道学院马列部从事教学工作，1957年“反右”期间，被定为“右派”分子，因不甘受辱，自杀身亡。

太平天国史专家罗尔纲，当年曾是胡思杜的家庭教师。在他的眼里，思杜是一个十分优秀的少年：论举止行为，对老保姆杨妈、在他家做杂役的用人，亲如家人，一点也没有阔少的架子；论天资，两天能看完《水浒传》，又唱得一口郝寿臣的好戏；论思想觉悟，小小年纪就高喊“打倒帝国主义”口号，“是非分明”。

同在1957年，胡适在台湾立下遗嘱，将遗存在大陆的102箱物品全部捐献给北京大学。在胡适离开北平之后，他此前居住的东厂胡同1号院，又先后有范文澜、吕叔湘、罗常培、季羡林等北大教授居住。

遗憾的是，胡适在京城住过的多处宅院，均未留下完整的遗迹。其实在京城各个角落，类似米粮库胡同这样规整的胡同还有很多，这些胡同大多有王府宅院和名人故居的余温，彰显着古城的风韵和历史的沧桑。

7. 在台湾的他，就这样走了

1962年2月24日，在“中央研究院”第五届院士的欢迎酒会上，胡适因心脏病突发辞世。胡适倒下的那一瞬间，现场的吴健雄号啕大哭。紧接着，整个“中央研究院”陷入哭声之中。梁启超曾有一句名言：“战士死于沙场，学者死于讲坛。”从这个意义来讲，作为学者的胡适死于学术工作中，可谓死得其所。

1962年3月1日，罗家伦在日记中写道：“上午，赴胡先生（胡适之）灵堂，天阴雨，而瞻仰遗容者，仍如潮水一般，以学生、青年为最多；武装朋友亦复不少。有许多是从中南部来。据最后统计，约2万多人，可见胡先生思想与行谊感人之深。”

除此之外，罗家伦还在3月13日的日记中写下了胡适留给江冬秀的遗产情况："正午十二时，胡先生治丧会在行政院会客室开，为墓地、遗著及遗嘱，均有讨论。墓地我们都主张在研究院内，闻胡夫人近又犹豫。胡先生遗产，台币不到五万，美金一百余元。"这就是胡适死前的最后财产。

林建刚撰文回忆，这位北大教授，这位在民国时期就拿着"民国第一高版税"的博士，这位"誉满天下，谤亦随之"的胡适，在其晚年，其实也与穷困相随。然而，也正是这一经济窘迫，显示了他的人格。晚年的胡适，爱说一句古语："贤者不虚生。"胡适是不是贤者，至今还有争议。不过，作为一个人，他确实做到了"不虚生"。

根据胡适生前遗嘱，胡适墓志铭由知名学者毛子水撰文，金石名家王壮书写，其内容为：

这是胡适先生的墓。

生于中华民国纪元前二十一年，

卒于中华民国五十一年。

这个为学术和文化的进步，为思想和言论的自由，为民族的尊荣，为人类的幸福而苦心焦虑，敝精劳神以致身死的人，现在在这里安息了。

我们相信，形骸终要化灭，陵谷也会变易，但现在墓中这位哲人所给予世界的光明，将永远存在。

四、“国宝”陈垣写给胡适的“信”

陈垣是史学大家，连毛泽东也称其为“国宝”。他在米粮库胡同居住期间，与胡适做了五年的邻居。这位1913年来京，在北京生活了五十八年的大学校长，在北京一共换过八处住所，都是租赁房屋，没有私人房产。直至落户北京兴化寺街5号，才安定下来，并在此整整住了三十二年。

法国著名汉学家伯希和认为，只有陈垣与王国维才称得上“中国近代之世界学者”。傅斯年说，“静安先生（指王国维）驰誉海东于前，先生（指陈垣）鹰扬河朔于后”。日本汉学权威桑原骘藏在陈垣《元西域人华化考》出版后，很快发表评论，称陈垣是现在中国历史学者中“尤为有价值之学者”。而陈寅恪的学生戴家祥回忆：“陈师和我在校散步时，自称平生最佩服的是王静安先生，其次是陈垣先生。”

1949年，陈垣在国共之间选择了后者，婉拒了蒋介石和老友胡适的赴台邀请，留在大陆当了多年的大学校长。

1. 陈智超忆祖父

陈垣的嫡孙陈智超回忆说："1930年11月28日，胡适之携眷北上北平，在后门内米粮库4号租定新宅。次年1月，应新任北京大学校长蒋梦麟之聘，出任文学院长兼中文系主任。而陈援庵（陈垣字）也于1931年被聘为北京大学名誉教授，并于1932年8月21日自丰盛胡同18号搬家到米粮库1号。从此直到卢沟桥事变爆发，两人做了近五年的邻居。"

陈智超说："陈援庵与胡适之何时相识？缘何相识？笔者到现在还没有看到明确、具体的记载。笔者推测，两人相识于20年代初，他们共同的朋友沈兼士起了介绍的作用。沈兼士既是《国学季刊》的编辑委员，又是北大研究所国学门主任。"

在《陈垣来往书信集（增订本）》中，一共收录了陈胡两人来往书信三十六封，而在米粮库胡同居住期间互通的信件就有二十四封，占了三分之二。现在人们很难理解为什么会出现这样的情况，当时虽然没有电子邮件，但既然是邻居，尽可以当面交流，至少可以互通电话，为什么还要费力去写信呢？

陈智超解释说，他们都是忙人，很难抽出完整的时间来做长时间交谈，而他们讨论的问题，又不是仅靠电话就可以说清楚的。用写信的方式，正可以弥补上述两种方式的缺憾，既可以见缝插针，抽出零碎的时间来写信，又可以把电话中说不清楚的问题写清楚。我们应该庆幸，正是由于采取这种方式，为我们留下了两人交往的重要实录。

据陈智超回忆：1937年七七事变爆发当天，祖父正好搬家，从米粮库1号，搬到南官坊口20号。他没预料到，第二天，也就是7月8日，胡适就南下到庐山参加庐山座谈会，后来就到了美国。两个人自此天各一方，一个留在北平、一个在美国。

在美国的胡适并没有忘记在沦陷区的老朋友，1943年的7月和8月，胡适写了两篇关于避讳的文章。第二篇文章的题目就叫《读陈垣〈史讳举例〉论汉讳诸条》。文章的后记里面就讲："援庵先生从前住在米粮库1号，我住在米粮库4号，我们做了多年的邻居，享受了多年的论文切磋之益。他的《元典章校补》，我曾经给他写过两万字的长序，现在我们相隔几万里，不知何时才得重聚首论文之乐。所以我很诚恳地把这两篇论避讳的文字奉献给我的老朋友，老邻居，陈援庵先生。"不难看出，胡适是重情义的。

陈垣的孙媳曾庆瑛撰文说："1933年4月1日至10日的十天中，两人（胡适、陈垣）围绕《四十二章经》的问题，往来书信竟达八通之多。经过反复辨认，两人在一些问题上达成共识，未能一致的地方，也因经过辩论而使各自的观点更为严密。"

1932年底，法国学者伯希和再次来华，陈垣以“谭家菜”宴请，并致函邀请胡适作陪。并告知还有“陈寅恪及柯凤荪、杨雪娇诸先生，务请莅临一叙为幸”。著名社会文化史专家周积明先生撰文道：“（由此证明）两人不仅学术上往来密切，而且还为近邻，公交私谊甚笃。胡适对陈垣的学术有高度评价，并在1947年3月拟定中央研究院第一届人文组院士名单时，将陈垣列名在内。”

1948年下半年，决定中国人民命运的“大决战”进入了后期。中国共产党所领导的人民解放军继辽沈战役胜利之后，又相继发动淮海战役和平津战役，兵围北平。其时陈垣位辅仁大学校长职，胡适任北京大学校长。在政治格局的巨变时刻，两位学人仍一如既往地潜心学问，就历史学术问题，通过书信进行探讨。

1948年12月13日，胡适给陈垣发出最后一封论学书信。信文的末尾署名之后，又附加了两句话：“今夜写此短信，中间被电话打断六次之多！将来不知何时才有从容治学的福气了！”

离开北平前夜，胡适给陈垣写信，不谈时政，不涉去留，纯学术探讨陈垣考定的杨惺吾论《水经注》跋的两封信，陈认为作于光绪二十三年丁酉（1897年）四月，胡认为作于丁酉之后，并引示史料证据，请陈“切实指正”。

2. 陈垣办“平民中学”

光绪二十三年（1897年），家里为陈垣买了一个监生资格，使他可以跳过童试阶段，直接到北京参加顺天乡试。陈垣那年十七岁，从广东只身来到北京应试。

陈垣踌躇满志，考试时放笔为文。考完试出来，一位老翰林就问他考得怎么样。陈垣很得意，自认为必中无疑。结果榜单公布，名落孙山，这对陈垣是一次非常沉重的打击。近半个世纪以后，他还清楚地记得当时的情景：“榜发下第。出京时重阳已过，朔风凛冽，叔葆先生远送至京榆路起点之马家铺。”临别之际，一位老翰林指点他：“你的文章不合八股程式，如果不改，再考十次也不会中举。”这话深深刺激了他——“虽感其厚意，然颇以为耻”。

陈垣深知读书对青年人的未来事关重要。1920年，中国华北地区遭逢大旱，农民大量逃进北京，流落街头，很多人无家可归，缺衣少食。看到这种惨状，陈垣遂与友人、北京高等师范学校校长陈宝泉创办平民中学，除招收小学毕业生外，大部分都是灾区青年。

不仅如此，学校还免学杂费，补助清寒学生。可以说，平民中学的创办年代是中国平民教育发展迅猛的时期。当时很多教育者都在倡导平民教育，平民教育的成就甚至已经远远超过义务教育。除了陈垣之外，吴稚晖到处奔波提倡“通俗教育运动”；雷沛鸿积极宣传“教育为公”；黄炎培鼓吹“劳工神圣”，广办“职业教育”；晏阳初到定县四百七十二个村庄实验“除文盲、做新民”；陶行知更是平民教育的大力实践者和推广者，创办了半日制平民学校、平民女子学校、平民读书处、平民问字处等。

陈垣当时任辅仁大学校长，尽管身兼数职，但他还到中学讲课，讲授国文和中国文学史等课程。据后来人回忆及文字记载，由于陈垣本身的地位和名气，他还曾邀请到当时的知名人士、专家、学者来校演讲。如梁启超曾五次来校讲“清初五大师”，徐志摩、陈独秀、李大钊、鲁迅等名家也曾到学校来演讲，这对当时学生的启发和影响无疑是巨大的。

1922年2月19日，胡适在平民中学演说，题为《学生与社会》。在此之前，他还为该校校歌作词，发表在《新青年》9卷6号（1922年7月）上。

3. 拥抱新社会

1948年12月14日，胡适把复函邮给陈垣后又打电话，要陈垣赶紧收拾行装准备南下。但此时陈垣已下定主意留在北平，婉拒胡适的心意。翌年元月八日，民国政府派人接陈垣去机场，陈垣躲避于学生刘乃和家。

在北平和平解放时，陈垣与学生上街欢迎解放军入城，他从兴化寺街5号步行到西直门，逾十多华里，此时陈垣已近古稀之年。他在柴德赓、刘乃和的陪同下，站在马路边迎接解放军。

1949年5月11日，陈垣在《人民日报》上发表《给胡适之一封公开信》。信中写道："去年十二月十三夜，得到你临行前的一封信，讨论杨惺吾《邻苏老人年谱》中的问题。……当我接到这信时，围城已很紧张，看报说你已经乘飞机南下了，真使我觉得无限怅惘。记得去年我们曾谈过几回，关于北平的将来，中国的将来，你曾对我说：'共产党来了，决无自由。'并且举克兰钦可的《我选择自由》一书为证。我不懂哲学，不懂英文，凡是关于这两方面的东西，我都请教你。我以为你比我看得远，比我看得多，你这样对我说，必定有事实的根据，所以这个

陈垣在书房中

错误的思想，曾在我脑里起了很大的作用。但是我也曾亲眼看见大批的青年都已走到解放区，又有多少青年，正在走向这条道路的时候，我想难道这许多青年——酷爱自由的青年们都不知道那里是‘决无自由’的吗？况且又有好些旧朋友在那里，于是你的话在我脑海里开始起了疑问……”学者刘小生撰文：“这封信令学问家形象复杂化。”

1960年4月5日，陈垣接朋友汪宗衍来信，说台湾《历史语言研究所集刊》有纪念胡适生日和傅斯年逝世论文集，四厚册，可寄上否。信上胡适用“胡绩溪”、傅斯年用“傅孟真”来暗示。陈垣很快回信，说关于胡傅论文集，很希望看见，如果邮局能寄，请寄来。一个月之内，陈垣就收到了胡适、傅斯年的四册论文集。

新中国成立时，陈垣已经六十九岁。在掌握了丰富的历史知识并深入研究、著作等身的基础上，他很快接受了新事物。之后的十年间，他先后写了二十多篇短文。特别是陈垣还找来毛泽东的《中国革命和中国共产党》《新民主主义论》等文章，手拿放大镜，一字一句地认真阅读。学习新理论，听取新报告，再结合北平城内的新见闻，陈垣思想为之一变。

1959年，陈垣在七十九岁的高龄圆了他的中国共产党党员之梦，当时史学界八十多位专家学者联名致贺。

4. “国宝”也有“两难”事

陈垣一生共有三段婚姻，育有儿女十一人，特别是晚年时更是四世同堂，家族兴旺，在外人看来幸福美满。其实，在“大师”晚年生活中，其内心的孤独与苦闷，却是外人难以体会的。

陈垣的前两任妻子都是经父母包办的婚姻，只有第三位妻子徐蕙龄是因两人自由恋爱而结合。他们在广州光华医学校，既是校友，又是师生。1913年，陈垣就任众议员，到北京定居，徐蕙龄也一起到了北京，夫妻共同生活了近四十年。但到了晚年，两人的感情出了问题，1948年，徐蕙龄与陈垣分居，独自搬至毛家湾居住。之后，徐蕙龄被儿子陈容接到天津，直至1966年去世。

据曾庆瑛撰文回忆：“陈垣在家经常吃不上一口热饭，只得从辅仁女校（住房后街很近）买面包，涂上点黄油，就是一顿。陈和徐生的子女，长大后都没有留在身边。大女儿在广州教书，儿子和两个小女儿到美国留学。陈垣先生整天忙于教学，著书立说，生活上不会自己料理。他去上课时，扣子掉了，袖口开线了，都没有人钉一下。当然，有时学生看不过去，也会帮帮忙。徐女士后来精神有些不正常，弄得陈垣先生也很烦恼。”

20世纪40年代末，陈垣在给外孙罗永昌的复信中说：

“你知道久不复你信的缘故否？因你每次来信，都有三个刺眼的字，常常惹起此间家庭的不快，所以一见到你来信，不敢拆，即焚毁。你系好意，但系累人，请以后信内不可提及这三个字。不告你，你永远不明白，忍不住，乃告你。”曾庆瑛说：“罗永昌是长女桂辛之子，当时在香港，‘三个刺眼的字’，应该是‘外祖母’，指陈垣先生的结发妻邓照圆。‘惹起此间家庭不快’，应指徐蕙龄之不快。看来，外孙的信，使陈垣先生处于两难之地。”

这就是“国宝”大师的心结，也是陈垣面对学生们难以倾诉的，更是大师深埋在心中的隐痛。陈垣的十一个儿女，系三位母亲所生；有儿媳、女婿，有孙子、孙女，还有外孙、外孙女，以及曾孙等，陈垣都要不分内外，不分彼此，关怀备至，实在不是一件省心之事。不难想象，他一直处于感情上的“被争夺”状态，偶尔表现出痛苦、无奈和些微的软弱，也是情之所致。

当然，在陈垣人生最后二十年的工作和生活中，还有一个重要人物也是不可回避的，那就是陈垣的助手、校长办公室秘书刘乃和。

刘乃和1939年考入辅仁大学史学系，毕业之后考取了陈垣的研究生。1947年毕业之后留校任助教，并开始担任陈垣先生的助手。1971年陈垣逝世时，刘乃和已经五十三岁，依旧未婚。也就是说，刘乃和自研究生毕业之日起，便把自己的事业和生活与陈垣大师紧紧地联系在一起。特别是新中国成立后，辅仁与北师大合并，当时北师大党委决定让刘乃和兼顾陈垣先生的生活。同时，又为他配备了一名公务员，一名专职男护士。此外，还有陈垣自费请来的两位抄书先生，以及做饭的保姆袁姐。应该说“大师”晚年的工作和生活，在后勤保障上绝对到位。直至“文革”开始前，陈垣生活安定，心情舒畅，衣食无忧。陈垣能以九十一岁高龄辞世，与当时国家及个人的“后勤保障”安排密不可分。

陈垣（中）与学生刘乃和（右）、柴德赓在自家小院

曾庆瑛在《陈垣和家人》一书中写道："1998年，刘乃和以八十高龄病逝。她的去世，也带走了与陈垣先生的一段感情，有些事情，恐怕成为永远的秘密了。"曾庆瑛还说道："可以说，陈垣先生是位好父亲、好祖父，在学校里是位好老师、好校长。"

在现实生活中，要想把这几个"好"放在同一个人身上体现，又是多么的不容易。

5. 在那担惊受怕的年代

1966年"文革"开始后，陈垣在"自我检查"中写道："我要自我革命。"他说："经过这次运动，我要自我革命，自我造反，愿将历年得来的书籍三百余箱，字画数百件和稿费等四万余元交给党和政府处理，坚决打破过去私人大量收藏文物、庞大稿费和高薪金的不合理制度。"在"文革"期间，陈垣由于心情郁闷，担惊受怕，身体极其衰弱，视力听力也急剧下降。

陈智超回忆说，在那个特殊的年代里，每逢"五一""国庆"等节日，陈垣能否在公众场合中"亮相"，是标志着一个人有没有被打倒、有没有问题的一项政治待遇。陈垣为了让亲朋好友宽心，他还是尽可能地出席这些集会。尽管每次外出，换衣换裤，非常麻烦，他小便经常失禁，还要事先采取些特别措施。他的行动已极不方便，到时总要由两三个人一起将座椅带人费力地抬至门口上车。

有一年参加国宴，陈智超护送祖父到人民大会堂门口，再由工作人员用轮椅推至宴会厅。陈智超一直等在大会堂门口，看祖父一出来，赶忙跑过去接他回家，发现陈垣已浑身是汗，衣服全湿透了。1970年的国庆节，陈垣上天安门观礼台是由孙女陈韶陪同照顾，这也是他最后一次参加国庆观礼。

1969年底，在“文革”中陪伴了陈垣三年多的儿子陈仲益，因病住进了医院，家中只剩下做饭的老保姆袁姐。陈垣经常处于无人照料的困境。有一天，他竟然从床上摔到地上两个多小时还没有被人发现，以至于大小便失禁。在此情况下，陈智超决定以老人的名义写两封信，向党中央反映情况。一封信给周恩来总理。陈垣的家人们都知道，周恩来非常了解陈垣。“文革”前，陈垣因病住在北京医院，周恩来到医院探望过他。陈垣在“文革”开始后没有受到什么直接的冲击，也同周恩来保护有关。另一封写给康生，康生在“文革”前曾向陈垣请教过一些有关历史和文物的问题，算是有点交往。陈智超的妻子曾庆瑛亲自将信件送到了中南海。几天后，周恩来派军代表来到北师大，交代将刘乃和调回陈垣身边照顾他。

陈智超回忆说，陈垣平日生活极其简朴，不抽烟，不喝酒，甚至不喝茶。他在北京生活了大半生，没有买过房子，都是租房或住学校提供的宿舍。他的积蓄主要是用来购买书籍和文物。他买书主要以做学问为主，史部书籍齐全，大型丛书不少，宗教史书籍较多，包括大藏经和道藏。文物主要是学者的书画、信札和手稿。

“文革”开始时，陈垣先生已是八十六岁高龄，环境和身体状况都不容许他继续从事学术研究。老人热爱祖国，这时他认为最后的报国之道就是把他一生珍藏的书籍、文物以及积蓄全部献给国家，并一再表达了这种愿望。

6. 师生同父子

陈垣先生逝世后，启功一直难忘知遇之恩，总想用一种方式来纪念老师，表达缅怀之意。启功的成才之路并不平坦，而每每在十分艰难困苦之际，总有一个人施以援手，

启功（左）与恩师陈垣

他就是陈垣先生。启功能进辅仁大学并一直工作到老，离不开陈垣力排众议，慧眼识珠，将启功从一株幼苗，精心培育成“参天大树”，所以启功由衷地称他为“恩师”。

启功对待陈垣特别尊重，大有“师生同父子”的感觉。在中国最传统的节日到来时，启功都按照满族皇亲的礼数，年年春节都来给陈垣拜年，而且要行大礼。据曾庆瑛回忆说，她曾亲眼看到启功先生毕恭毕敬地给陈垣磕头拜年，那情景真是令人感动。

启功回忆说，抗战胜利之后，辅仁大学教授英千里出任北平市教育局局长，邀请启功去教育局做事，薪水比一般教师高一些。为此，启功请教陈垣老师定夺。陈垣直接说：“学校送给你的是聘书，你是教师，是宾客；衙门里发给你的是委任状，你是属员，是官吏。你想想看，你适合干哪个？”启功听后恍然大悟，立刻婉言辞谢了英千里的委派，依旧在学校教书育人。多年后启功深有感触地说：“陈校长不仅是我的业务导师，更是我的人生导师。”

1971年夏天，九十一岁的陈垣在病痛和苦闷中离世。此时距1951年毛泽东在国宴上向众人介绍“这是陈垣先生，读书很多，是我们国家的国宝”，整整过去了二十年。

五、傅斯年的真性情

20世纪30年代，历史学家傅斯年也曾在米粮库胡同居住。他与胡适本为师生之谊，以后逐渐突破了此层关系而成为师友。特别是中央研究院历史语言研究所1929年迁入北平后，由于其所址就在北海公园内的静心斋，距离胡适家非常之近，所以，傅斯年到胡适家从不事先约定，有事没事，敲门就进。当时，傅斯年就任历史语言研究所所长，与他尊崇的胡适有着探讨不尽的话题。

据常住胡适家的亲戚石原皋回忆说："傅斯年经常到胡适家来，胡在家即与胡谈，胡不在家，即与其家人谈。我们都喊他傅胖子。胡创办《独立评论》，他也是主将之一，关于接洽登记等事，都是他跑腿。"胡适的学生罗尔纲说，傅斯年是胡适最看重的学生，他在胡适面前总是"张口先生、闭口先生，从未改口"。

1950年，傅斯年在台湾去世后，胡适在给傅斯年夫人俞大綵的信中说，他的学业比我深，但他写信总是自称学生，我们见面时，也常"抬杠子"，但若有人攻击我，傅斯年一定挺身出来为我辩护。他常说，"你们不配骂适之先生”。真正的批评总是建立在对等的基础之上。只有学识和修养对等的人的批评，才值得关注和理会。至于漫无边际的谩骂，除了自我贬低之外，没有任何意义。胡适称傅斯年为：“他是人间一个最稀有的天才。”

在傅斯年任职所长期间，历史语言研究所会集了当时一批优秀学者，如陈寅恪、赵元任、罗常培、李方桂、李济、董作宾等。他们分别开展对历史、语言等多个领域的研究，十年间组织殷墟发掘十五次，取得了令世界瞩目的重大成果。重要出版物有《历史语言研究所集刊》，1928年创刊，商务印书馆出版发行，至1949年共出版二十一本（每本四分册）。抗日战争爆发后，该所辗转于长沙、昆明，1940年迁四川南溪李庄，1946年迁回南京。

1.《大纲》之中建真情

傅家世居山东聊城，是鲁西名门望族。傅斯年的七世祖傅以渐是清代的开国状元，后累官至武英殿大学士、兵部尚书，成为名副其实的宰相；傅斯年的曾祖父傅继勋官至安徽布政使，清末重臣李鸿章、丁宝桢均出自其门下；祖父傅淦少负才名，博古通今，工诗书画，为人淡泊，对傅斯年的影响最大；父亲傅旭安勤奋好学，仁慈宽厚，但一直没有入仕，长期做教书先生。

傅斯年从小受到家人严格管教，打下坚实的古文基础。14岁时，他考入天津第一学堂，接受系统的正规教育。1913年夏，傅斯年考入北京大学预科，三年后升入北大文科国学门。自北大毕业后，傅斯年考取了官费出国留学。从1919年至1926年，他先后留学英、德。留学期间，傅斯年一心扑在学习上。这时候的北大文史科，推崇国学大师章太炎的学说，傅斯年曾努力钻研章太炎的国学，因此国学门的执教者对他格外看重，期望他能成为章派国学的传人。

1917年9月，胡适被北大蔡元培校长聘为文科教授，讲授中国哲学史。他与以往的老先生不同，没有从神话中的三皇五帝讲起，径直就讲西周晚年的老子和孔子的思想。这不仅让原来的老先生连呼“胡闹，胡闹”，而且也让听惯了老讲法的学生们大为惊异，认为胡适不讲三皇五帝，就是“思想造反”，不配做大学教授，有人甚至酝酿要将

傅斯年（左）与胡适（中）及其儿子胡祖望

他赶出北大。

客观地说，真正使胡适在学术界享有盛誉的还是其所著的《中国哲学史大纲》，这部用白话文写作的著作，没有难懂的句子，难认的字，读来令人如沐清风。胡适正是凭借这道“当家菜”在学术领域建立了稳固地位。当时，傅斯年虽不是哲学系学生，但早已阅读过胡适的《中国哲学史大纲》。因胡适也是很有名气的教授，傅斯年便与顾颉刚同去听课。傅斯年去听胡适的课，也是抱着试探的心理和态度，虽然感觉胡适的讲授未见新奇，但他用中西结合的新方法、新眼光对中国几千年来形成的传统思维进行变革，是个有胆量、有能力的历史学家。

同时，傅斯年也直面胡适谈了自己的看法：“在中国古代哲学上，已有不少汉学家在先，不为空前，先生所用的方法，不少可以损益之处，难得绝后。”对此，胡适也是大致认同的，并在以后提到自己的《中国哲学史大纲》时，也仅仅承认其“革命”的意义。胡适自己也坦言道，在北大以傅斯年、顾颉刚为首的一些学生中，其古文功底当不在他之下。

在以后共同学习的日子里，傅斯年和他的同学们经常到胡适的家里去。据罗家伦回忆，“那时候我们常去，先则客客气气地请教受益，后来竟成为讨论争辩肆言无忌的地方。”胡适在新文化运动中写的许多文章，特别是他们之间的谈话与争论，对傅斯年的思想有很大的启发和激励，使他从可能成为章派国学的继承与传道者，而转变为支持并宣传新文化、新思想的一员大将。特别是守旧派黄侃教授，眼看着自己的高足傅斯年追着胡适的白话文跑去，还办起了《新潮》杂志，其内心的愤懑和失落可想而知。

在以后亦师亦友的十年中（1927—1937年），是傅斯年与胡适接触时间较长的时期。由傅斯年写给胡适的信便可以感受到他们之间的友情，“我在北大期中，以受先生之影响最多，因此极感，所念甚多，愿先生终生老师，造一种学术上之大风气，不盼望先生现在就于中国偶像界中备一席。”其言辞恳切可见一斑。

胡适对于傅斯年的真情告白当然不会无动于衷，他甚至承认接受了一些傅斯年的学术观念，并推翻了自己对中国哲学史的一些见解。

胡适说，傅斯年是“人间一个最稀有的天才。他的记忆力最强，理解力也最强。他能做最细密的绣花针功夫，他又有最大胆的大刀阔斧本领。他是最能做学问的学人，同时他又是最能办事、最有组织才干的天生领袖人物。他的情感是最有热力，往往带有爆炸性的；同时，他又是最温柔、最富于理智、最有条理的一个可爱可亲的人。这都是人世最难得合并在一个人身上的才性，而我们的孟真确能一身兼有这些最难兼有的品性与才能”。这是对至情至性的傅斯年的最好诠释。

2. 绰号“大炮”，与“汉贼”势不两立

傅斯年个头高，人也胖，敢于仗义执言，人们称他为“傅大炮”。当年巴黎和会中国外交失败，5月4日那个上午，北平的大学生集会抗议，傅斯年被一致推选为主席。当日下午，他扛着大旗率领游行队伍直扑赵家楼，一举成为名震南北的学生领袖。有人说傅斯年生性好斗，喜欢出风头，甘愿做出头的椽子。

在抗战胜利之际，傅斯年赴北平恢复北大日常事务，很多人推荐他担任北大校长，他坚辞不任，却保举远在海外的胡适。让人匪夷所思的是，他又坚决要求去北大暂做代理校长。原来他不是有官瘾，而是认为像胡适这种好好先生，不忍心得罪人。用傅斯年自己的话说，是“宋江出马，李逵打先锋”，一个唱红脸，一个扮白脸，有利亦有弊。所以他这挺“大炮”要强出头，把那些沦陷时期出任伪职的人员开除出局；周作人就是其中一个。当时有些人来找傅斯年说情，“傅大炮”一概不给面子，誓与“汉贼不两立”。他认为这些人毫无民族气节，失去了一个知识分子的良知，根本不再具有为人师表的资格。

容庚先生是我国著名的古文学家和考古学家，他听说傅斯年的想法后非常着急，就去找傅斯年理论。傅斯年以前对容庚是相当看重的，曾经在1921年就聘他为历史语

言研究所特约研究员。但此时对于容庚在日伪时期“堕落”为伪教人员，傅斯年却拍案而起，指着容氏的鼻子训斥道：“你这个民族败类，无耻汉奸，快滚，快滚，不用见我！”当场命人将容氏架了出去，扔到了泥泞遍布的马路上。当然，当年人物的遭际和今日的评价，不是这个小册子所能尽述的。后来，容庚得到高人指点，再度登门拜访，表示要谢罪改过，重新做人。傅斯年考虑半天，最终虽然勉强接见，但仍不接受他在北大任教。

至于周作人其人，则更是让傅斯年深恶痛绝。周作人得知傅斯年代理北大校长后，曾修书一封给傅，信中不但对自己下水做日本人走狗的历史罪过无丝毫忏悔之意，反而要求傅把自己作为特殊人物照顾。傅斯年看罢非常生气，痛斥他：“青天白日旗还没有落下，难道反了这些缩头乌龟不成！”

傅斯年的学生何兹全回忆说：“不要看他天真，好像幼稚，办起事来，却极果断，有办法。在我比较熟识的北大教授中，傅斯年最是杀伐果断……他给傅师母写信说：‘大批伪教职员进来，这是暑假后北大开办的大障碍，但我决心扫荡之，决不为北大留此劣根。’又说：‘实在说，在这样局面下，胡先生办远不如我，我在这几个月给他打平天下，他好办下去。’……问题来了，傅先生就能果断处理，毫不含糊。”

由于傅斯年身高体胖，也有人称他为“傅胖子”。有个段子，说是抗战期间傅斯年、李济、裘善元去重庆赴宴。宴毕，主人替他们雇了三乘滑竿。裘善元第一个出来，抬夫们一看是个胖子，不愿抬，互相推让。接着李济出来，比第一个还胖，于是四个抬夫又推让一番。最后，等到傅斯年出来，剩下的两个抬夫一看，傻了眼，丢下滑竿，掉头就跑。好友罗家伦曾跟傅斯年开玩笑："你这大胖子怎样和人打架呢？"傅斯年回答："我的体积乘以速度，产生一种伟大的动量。这种动量可以压倒一切。"或许正是因为有此资本，傅斯年好斗。有一次，在国民参政会上，孔庚就中医问题提了一个议案，傅斯年表示坚决反对。二人展开激烈争辩。孔庚争辩不过，就在座位上爆粗口。傅斯年十分生气："你侮辱我，散会后我要和你决斗。"等到散会后，傅斯年果真在会场门口拦住孔庚要决斗。孔庚这时已年逾古稀，身单力薄，根本经不起厮打。

傅斯年见状，只好将双手垂下来说："你这样老，这样瘦，不和你决斗了，让你骂了吧。"

3. 拒绝官场，肝胆相照

抗日战争爆发以后，胡适与傅斯年，一个在国外，一个在国内，都在不同战场为国家和民族积极奋战。他们之间也经常互通信息，互相鼓励和支持。傅斯年一生中坚持参政不从政，参政也只是根据自己的意志，怀着对国家、民族的利益尽责尽力。

当初，胡适决定到美国做外交工作，固然是国民政府对他的指派，也与被傅斯年真诚的爱国热情所感动是分不开的。他曾给傅斯年写信，说“我自己受逼‘上梁山’，你们当有所知”，并强调说，“国事至此，除‘苦撑待变’一途，别无他法”。在驻美大使任中，胡适依靠他的忍辱负重的艰苦工作及其人格魅力，不仅得到了美国的经济援助，提升了美国上下对中国的理解和支持，还终于等到国内抗战形势的变化。在此期间，傅斯年作为国民参政会参政员，将较多的精力投入到政治活动中，其中影响最大的就是“炮轰孔祥熙”事件。他在国民参政会上，公开炮轰财政部长孔祥熙，将其丑行公之于众，并穷追猛打，迫使蒋介石免去孔祥熙的职务。

抗战时期，傅斯年曾为了梁思成、林徽因的困境秉笔上书教育部长朱家骅，请他转呈蒋介石，拨款周济困境中的梁思成和林徽因。其中写道：“思成之研究中国建筑，并世无匹，营造学社，即彼一人耳……”在谈到梁思成对于中国建筑的非凡贡献后，又详尽写出了林徽因的肺疾等困难。蒋介石让当时的经济部长翁文灏给梁思成及营造学社拨了一笔款，解了梁思成一家的燃眉之急。傅斯年的急公好义的侠义精神和人格魅力，更是让后人景仰感喟不已。

傅斯年的学生何兹全撰文说：“傅斯年是‘五四’

出身，是个民主自由主义者。这思想是受胡适之先生的影响，透过胡先生接受西方正统的民主思想。但傅斯年先生留学德国，他有社会主义思想。我曾听他亲口对我说，他的思想是民主加社会主义。多年前张政烺教授告诉我，抗战时期，他陪同傅先生入川，在宜昌等候换船。他打扫卫生，在傅先生枕头底下发现一本书，《资本论》！张作为奇消息告诉我，我也以惊奇消息听着。”

何兹全回忆说：“对傅先生是又尊敬又拘束，用三个字来表达，那就是敬、怕、亲。所谓敬，大家对傅先生的学问没有不是满心尊敬、佩服和崇拜的；对于怕和亲，说老实话，傅先生的性情不同常人，极易冲动、暴怒，像个孩子，因而大家对他既怕又亲。”

4. 侍母至孝，呵护后辈

1934年那个酷热的夏季，傅斯年擦着满头大汗，咬牙掏出了一笔“青春损失费”，与夫人丁蘸萃在济南协议离婚。同年8月5日，他与俞大维之小妹俞大綵在北平共结百年之好。

俞大綵，生于1904年，排行老七，幼冲之年即受新式教育，毕业于上海沪江大学，长于文学，尤擅英文，写小品文章惊艳绝妙，且写得一手好字。1925年，傅斯年到德国柏林大学深造，和俞大维（曾任国民政府“交通部长”“国防部长”等职）从相遇到相知。傅斯年只比俞大维大一岁，二人结为兄弟。据说俞大维也侧重学习文史，自从与傅斯年交往之后，深感功底不如傅斯年，才改学了自然科学，最终成为弹道学专家。之后，俞大维从中牵线搭桥，将自己的妹妹俞大綵嫁与傅斯年。

1935年9月，儿子傅仁轨出生，傅斯年把在老家聊城的母亲接到北平共同生活。傅斯年对母亲十分孝顺，虽已成为学界政界呼风唤雨的人物，且霸气十足，不把任何人放在眼里，但偶遇母亲发脾气，乃立即长跪不起，听任母亲斥责，直到老太太发完脾气，让他起来为止。因傅的母亲患高血压病，忌吃猪肉，作为儿媳的俞大綵为照顾婆母身体，不敢给她食肉，而傅母却偏喜好这一口，且极爱好吃肥肉，于是婆媳矛盾不可避免。

傅斯年对夫人说：“你要知道，对患高血压症的人，

傅斯年与夫人俞大綵、儿子傅仁轨

傅斯年与弟弟傅斯岩

控制情绪，比忌饮食更重要，母亲年纪大了，别无嗜好，只爱吃肉，让她吃少许，不比惹她生气好吗？我不是责备你，但念及母亲，茹苦含辛，抚育我兄弟二人，我只是想让老人家高兴，尽孝道而已。”

生活中的傅斯年不仅孝顺父母，还呵护后辈。特别是在家境中落以后，他陆续把他的侄子傅乐成、傅乐德，以及堂侄傅乐焕、侄女傅乐淑等接到北平，或直接送进学堂读书，或令其半工半读，在生活上给予接济照料。后来傅乐焕、傅乐成、傅乐淑等兄弟姐妹，相继考取北京大学和西南联大，学有所成，皆为著名历史学家。

特别是傅乐成，始终与傅斯年生活在一起并同至台湾。在台大历史系任助教时，傅乐成与伯父傅斯年朝夕相处，得受大师亲传。傅斯年对傅乐成说：“我在你这个年龄，业已成名久矣。”傅乐成深感惭愧，检束行为，发愤读书。在两人相伴的日子里，傅斯年时常与傅东成讨论中国历史研究的心得。在读了傅乐成所写的几篇有关汉代的研究文章后，傅斯年认真地说：“论文不是那样写法。”并督促他要潜心用功。直到1950年末，傅乐成写成《西汉的几个政治集团》一文，傅斯年才稍感满意，说比他想象的好。傅乐成终成大器，著述甚丰，成为不可忽视的史学家。

5．“台大”楷模

1948年元旦之夜，南京城中失去了往年节日的喧嚣，此时胡适刚从北平回到南京，傅斯年与胡适聚会共度岁末，两人置酒对饮，相视凄然。他们一面饮酒，一面谈论时局。目前国民党政权失败已成定局，自己何去何从，难以决断。瞻念未卜之前途，留恋乡土之情顿生，思前想后，两人都十分伤感，不禁潸然泪下。

在傅斯年徘徊不定之时，陈诚于1月5日就任台湾省主席，同日致电傅斯年，要求他迅速赴任台湾大学校长。电报说：“弟已于今日先行接事，介公深意及先生等善意，恐仍须有识者之共同努力，方能有济。弟一时不能离台，希先生速驾来台，共负钜艰。”

陈诚与傅斯年私交甚好，他的催促，傅斯年是必须认真考虑的，他将自己关在一个房间，三天三夜未出房门，绕室踱步，反复吟咏、书写陶渊明《种桑长江边》的诗句，考虑去留问题，最后决定暂且去台湾就职。由于心中无底，便怀有先去看一看的思想，临时决定把部分亲属留下，便将已经买好的机票退掉了。他对家人说，共产党对文人还是要用的，我可能很快就回来。临行又把许多图书、家产留了下来。1月19日，傅斯年只与几位亲人，携带主要生活用品乘飞机去了台湾。次日便到台湾大学就任校长，并继续兼任“历史语言研究所”所长职务。

傅斯年在台大总共不到两年的任期中，以其开朗而认真的办学态度，影响了全体师生，也为台大树立了非常重要的学术典范和自由风气。

傅斯年早在欧洲留学期间就撰文写道：“一个国家人口的整体素质决定社会的质量，改造社会首先要从改造个人开始，而青年是社会最有生气最有活力的人群，改造个人，造成社会的元素，必须从青年开始。”他认为，为了培养高质量的人才，必须刹住招生说情之风。为此，傅斯年多次在报纸发表声明，称假如自己以任何理由答应一个考试不及格或未经考试的学生进来，那就是对校长一职的失职。他奉劝至亲好友不要向他谈录取学生事，不仅如此，他还在校长室门前竖一告示牌：“为子女说情者，请免开尊口！”

为避免考试题泄露，傅斯年严格实行“入围”制度，即在台湾大学图书馆选一间房子，将命题者置入其中，不准携带其他不相关的物品进去。出完试卷题后就待在屋子里，等考试结束后才能放出。傅斯年的老友屈万里回忆说，印制试卷题的场所，门窗都糊得严严实实，室外站有警卫，如临大敌。

傅斯年任台大校长期间正是台湾的非常时期，其侄傅乐成回忆说：“他（傅斯年）经常每日在校办公六小时以上，一进办公室，便无一分钟的休息，有时还须参加校外的集会……他那希望台大赶快办好的意念，竟使他坐卧不安。”

1950年12月20日，傅斯年因脑溢血昏迷而辞世。经台湾各界及傅夫人讨论后，决定于台大校内安葬其骨灰。

1951年12月20日，傅氏逝世一周年忌辰，台湾大学为纪念其开创台大一代新风之功绩，在实验植物园内专门划一块地建造纪念亭，把傅斯年的骨灰安葬在亭内的大理石墓中，墓前立有无字碑。园中竖立一座纪念钟，铸有傅斯年提出的“敦品励学，爱国爱人”八字校训。此处被称为“傅园”和“傅钟”。每节上下课，“傅钟”都会响二十一声。基座上题写着：“一天只有二十一小时，剩下三小时是用来沉思的。”

六、陈半丁的“五亩之园”

画家陈半丁是米粮库胡同的“老住户”，他不仅在此居住了十余年，且时间跨越新旧两个社会（1937—1951年）。

陈半丁出生于清光绪二年（1876年），家境贫寒，少年时父母双亡，生活坎坷。为谋生，他十四岁就在浙江兰溪当学徒。十五岁转至钱庄学徒中开始接触笔墨，自此一发不可收，自言当时“嗜书画入骨，饥饿犹不顾也”。十九岁时他随表叔吴石潜（西泠印社创始人之一）来上海在严信厚家拓印为业，并有机会与任伯年、吴昌硕相识，后拜吴昌硕为师。四十岁后到北京，初就职于北京图书馆，后任教于国立北平艺术专科学校。

1. 莫说同行是冤家

陈半丁是浙江山阴（今绍兴）人，早年赴上海谋生并拜吴昌硕为师，期间承蒙任伯年、蒲华等多位“海派”名家指导，获得了扎实的传统绘画基础。

1906年，陈半丁受金城之邀来到北京，他不仅将“海派”艺术播撒至北京画坛之中，更在这里广师博览，将其艺术源头上溯至明清诸家，以借古开今之姿确立了个人艺术风格，成为“京派”乃至京津画坛的代表人物之一。因肃亲王善耆要为吴柳堂画像，金城将陈半丁推荐到肃亲王府，并得到肃亲王的大为赏识。1922年，肃亲王在旅顺故去，陈半丁为报昔日的知遇之恩，两次在大连举办个人画展，卖画款数十万（旧币），全部用作肃亲王灵柩返京的费用。陈半丁也因此成为开创国人举办画展的第一人。

1917年，五十五岁的齐白石为避家乡匪乱，只身来到北京闯天下，无奈遭到北京画界的冷遇。其画作价格低廉，甚至无人问津；还有人说他的画作粗野，一钱不值。所幸，这一年齐白石结识了他人生道路上的两个贵人——陈师曾和陈半丁。

20世纪60年代，一位访问过陈半丁的学生，就在日记里记录下了半丁老人当时的谈话。他说：“齐白石刚来北京时，画卖不好，也卖不贵。我劝他学学缶老昌硕，他听了。齐白石这个人很知言，能取得后来的成绩不是偶然的。”这段谈话，不经意间道出了齐白石成功的关键。他在“衰年变法”中放弃八大山人的冷逸画风而改学吴昌硕，逐渐形成自己的绘画风格。陈半丁对齐白石的细心指点，对尚在保守派唾骂声中讨生活的齐白石来说，无异于雪中送炭。

遥想当年，陈半丁从浙江老家出外谋生，十九岁到上海半工半学，1906年到北京，也是无人识，无人理，卖画生意萧条。后得到金城和恩师吴昌硕的提携，将他介绍给画界友人，吴昌硕还为他撰写了书画、篆刻润例。于是，他逐渐在北京站住了脚，跻身于知名画家的行列。后来齐白石从湖南到北京来，与陈半丁一样出身下层，际遇几乎相似。此外，齐白石深受陈师曾赏识，而陈半丁与陈师曾又为好友，与好友之友成为朋友，就更加自然真实了。

既是同在北京闯天下，彼此间不仅在艺术创作上相互钦慕，而且心境相通，趣味相投，相互间多了理解和帮助，而非依社会上所言的那样“同行是冤家”，做互相贬损之事。齐白石将自己的儿子齐子如送到陈半丁门下，并成为陈的得意门生，就足以表明齐白石对陈半丁绘画艺术的肯定和认可。

齐子如是白石老人的第三子，可惜英年早逝，事业未竟。陈半丁称齐子如为“得意门弟”，当他得知子如去世的消息后，含泪为子如的草虫册页补画花卉，款识称：“半丁子如生死合作”。

1938年，齐白石送陈半丁南行长沙，归来有感，在《天高云远图》上题诗：“天高云远水流长，流去春风与秋光。酒罢送别古人影，却留人间思断肠。”道出两人之友情。

2. “五亩之园”结硕果

1937年，北平沦陷后，陈半丁拒绝日伪政府聘请，辞教。刻“强其骨”“不使孽钱”印为座右铭，以卖画刻印为生。为了避开日本人的吵闹和干扰，陈半丁几番周折，在严惠宇、杨济成等友人资助下，购得地安门米粮库胡同4号宅邸。该院落占地十余亩，院中有园中园五亩，故以“五亩之园”命名。

20世纪40年代，陈半丁的学生尤无曲回忆说：“当时他住北京地安门米粮库胡同，记得他的住所，一进门迎面是山子石，院落松林成行，清幽雅静，地面除种植花草外，还种了一些老玉米、白菜、萝卜等，红砖砌成的小楼，为半丁老人安憩及作画之处，据说以前胡适之曾住过这里。半丁老人喜戴小帽头，穿坎肩。他虽离开原籍浙江绍兴多年，但仍有故乡口音，与人谈话诚恳亲切，待客从不虚伪。值得一叙的是国人画展系由他开始的，那还是清代的肃亲王在旅顺生病时，他曾在大连开第一次画展。当时盛况空前，报纸刊登，不少人喜看半丁老人作品，终日在展室盘桓不去。”

著名文史作家周简段曾在陈半丁家中，亲耳聆听了老人对两位弟子张爱林、尤无曲讲授书画。他回忆到：老人对两徒耐心指导说，孔子教子路收，教颜回放，即所谓因人施教。爱林没临过帖，写出的字居然有意思，这是有天才，但今后须收，不可再放。无曲临帖时间太长，写出字来，无时不在自拘自谨，所以今后须放，不可再收了。半丁老人说，作品拿出展览，即使不比人家强，至少自己也要不惭愧，才可以谈得到开画展。老人坐在一张古老大沙发上，对两个弟子越讲越精神，谈一阵话，喝一阵茶，走到墙边看一阵悬挂着的明清名画。

陈半丁说：随便抹两笔的，哪里就算得上艺术？艺术范围太大了，就连建筑制造乃至枪炮子弹，全是艺术。绘画不过是文人余兴，课余爱好，往清高里说，也不过是一种高尚的玩意儿而已，像我这简直谈不到艺术。当初，学画的没有现在这样多，也比现在难。那时印刷品缺乏，轻易见不到参考资料，向人借用完了一还，仍觉莫名其妙。因此为了学画方便，就成立个社会团体，即艺专的前身。老人还说，一群学生学画，叫他们都学我陈半丁，这个不妥当，就如同唱戏，他是旦角的嗓子，绝不能因为和我学而唱老生。所以与我不相近的我不教，不能让人家费力不讨好。

半丁老人还说过，三年出个状元，可是三年出不了名画家。有天才也要用功，我的男孩女孩都能画几笔。但不用功就不能成功，这可不是世袭，我绝不勉强他们。

3. “周宴”受益众人

陈半丁的学生尤无曲回忆说：“1939年夏，我正式拜半丁老师门下习画，并安排我追随老师去北平学画。这年初冬，我安排好了家事之后就乘火车冒着不时飞过的流弹来到北平，正式开始了随半丁老师学画的生涯。”

到北平后，尤无曲找到了位于地安门米粮库胡同的陈半丁老人的家。他回忆说：半丁老师要我住在他家，但我怕多有打扰，就借住在北平金城银行公寓，在那里潜心作画。每周不少于一次去半丁老师家，看他作画、听他谈画，学习绘画技艺，还常常参加半丁老师家名流聚会的“周宴”。

所谓“周宴”，其实就是沙龙性质的聚会。在当时的文人圈里比较流行。比如林徽因家的“太太的客厅”，朱光潜家的“读诗会”等。相比较之下，文人圈的聚会更纯粹一些。而绘画界的聚会，除了切磋技艺，观摩收藏佳作之外，还有买卖交易画作的内容。在那个年代，彩色印刷技术滞后，信息又不通畅，缺少必要的交流平台。所以，陈半丁每周在家中举行的聚会，参加者都是北平艺坛的顶尖人物，故简称“周宴”。

以陈半丁当时在画界的地位和威信，能受邀前来参加“周宴”者都深感荣幸。常客里有书画界名流，如严惠宇、方钜川、杨济成、袁左良、蒋兆和等。还有京剧界的名艺术家，除去已经拜在陈半丁门下的梅兰芳外，还有奚啸伯、程砚秋、尚小云、荀慧生等，这些人物不仅大名鼎鼎，而且也是书画爱好者和收藏者。

陈半丁当年对学生尤无曲很看重，每次都与他电话约定，每周到点必须来参加“周宴”。通过近距离领略名家精湛的画艺和佳作，当面虚心请教，尤无曲眼界大开，受益终身。

1941年，陈半丁将一刀上好的宣纸交给尤无曲，嘱其创作一批山水画作，他准备为弟子尤无曲举办画展，将他的作品推向社会。

尤无曲听了感激万分，立即遵照老师的嘱咐，埋头创作，仅用了半年多的时间就创作了近两百幅山水作品。陈半丁精选了其中一百二十幅，并亲自为作品题诗落款，还特意为尤无曲刻印数枚。展览请柬的印制分发，作品的装裱，镜框的制作，场地的选择和展览细节的落实，均由陈半丁一手操办，费用也是由他来承担。

尤无曲画展于1941年11月13日在北平中山公园水榭举行。齐白石、蒋兆和、王雪涛及社会各界名流纷纷前往观看，并给予很高评价。白石老人感慨地对尤无曲说：“你有个好老师，你要好好向他学习呀，这是非常难得的机会。”为鼓励尤无曲学画，一向勤俭的白石老人当场认购了一幅《纤夫图》，标价一百四十块大洋，这真是给足了陈半丁面子。同时，这也是向陈半丁表达自己的感激之情。

4. 新社会，新问题

1948年北平解放前夕，米粮库胡同的寓所曾被国民党军队进驻，占用陈半丁家的部分房屋。这期间，国民党还多次劝其飞往台湾，均被陈半丁婉言拒绝。

1949年，北平和平解放后，李济深即致函问候。1951年，陈半丁已是七十六岁的老人了。春节期间，毛主席派专人送来慰问品，对陈半丁的创作产生了极大的动力，他也积极投身于各项社会活动。

新中国成立之初，面对全民书法水平下降的客观现实，陈半丁给毛主席写了一封信，建议书法要从孩子抓起。后来，政府倡导普及写毛笔字与这封信不无关系。陈半丁还是文字改革委员会的委员，他曾就中国文字改革中的问题给毛泽东写信，提出自己的看法，毛泽东亦回信对其做法给予肯定。

据中央文史馆的资料记载，北平解放前夕，毛泽东在石家庄和符定一先生讨论建国方略时就提出，要对德高望重、生活困难的老学者予以安排，设立机构。周恩来总理亲自过问此事，于1951年7月29日成立了中央文史馆。第一批馆员二十六人是经过国务院总理亲自批准聘任的，其中有齐白石、陈云浩、萧龙友、陈半丁等人。符定一任馆长，叶恭绰、柳亚子、章士钊为副馆长。从此，这些老知识分子有了组织，有了工作和活动的场所，经济上也有了固定的收入。

新中国成立后，陈半丁在米粮库胡同又住了一年。令他不安的是，一个画家，住这么个大院子，容易惹人注目，影响不好，便于1951年将米粮库宅院售出，搬至西四北六条南魏胡同、和平门内新帘子胡同两处宅子。为何要搬两处宅子分住？只因陈半丁有两房妻室，同住在一个院子里嫌麻烦事多，不得清闲。

有文字记载："陈半丁身边有三位妻子，除原配夫人外，第二位妻子王慕廉比他年轻三十四岁，1929年迎娶；第三位妻子张慕贞比他年轻三十二岁，1933年迎娶。王、张二人皆性情柔和，颀长貌美，气质不凡。"在"文革"受难之时，陈半丁得益于妻子王慕廉的辛勤照料。

5. "文革"中的小竹车

新中国成立后，陈半丁曾任中国美术家协会理事、北京画院副院长、中国画研究会会长。正如陈半丁自己所言："我也算是国画界一个关心国事的。"由于他的地位和影响，更由于他率真的性格和对国画的感情，陈半丁成为北京画坛的领军人物之一。如此，也令他在"文革"中吃尽了苦头。

陈半丁的女儿陈燕妍回忆说：“‘文化大革命’来势凶猛，当时我和孩子与父母同在一起生活。记得有一天，家里门铃突然响了，进来十几个红卫兵说是要破‘四旧’，有的红卫兵找我父亲问话，有的找我问话，还有的在抄东西，这样的抄家不知有多少次。我记得最严重的一次，是父亲单位来了辆大卡车，将家里的古玩字画，金银首饰，及生活用品都抄走了。”之后，又陆续将他收藏的书画、古玩、善本书籍、碑帖等抄走了几辆卡车，唯有成匣的金星鸡血石被家人藏起来而未被发现。有关部门查找后见没有此物，又令陈家马上交出。碍于当时的形势，陈家只好将鸡血石上交。

当时，单位每月只发给陈半丁二十七块钱生活费，之前送他上下班用的汽车也取消了。已经八九十岁的陈半丁，不可能去挤公共汽车到单位，老伴王慕廉只好将其放在重孙子的小竹车内，每天推着送他到单位参加学习和批判。

陈半丁面对没日没夜的大批判，心里怕得要死，他时常反省自己，到底做了什么违法之事。每有机会，他逢人便言及当年的所作所为，但在那个特殊的年代里，已经没人愿意再听他絮叨了。1970年元月，陈半丁突然病情加重，老伴又用小竹车将他推到了医院。在急诊室填写名字，医生听说是“反动学术权威”后不敢给治疗，逐级向上级请示。从下午入院后一直在走廊等，直到晚上十点才同意住院。等进入病房还没来得及办手续和医疗检查，人已经不行了。

据陈半丁在西四北六条的邻居们回忆，粉碎“四人帮”以后，陈半丁得到郑重的平反，他的两房妻子及儿女也最终安定下来。而西四北六条胡同，也很快淡忘了他，子女们因无力修缮他留下的四合院，最后只能卖给一位南方的商人。

陈燕妍回忆道：“1976年‘四人帮’倒台后，一些人被陆续平反昭雪。1979年胡耀邦同志对父亲的冤案批示，要彻底平反；并补开了追悼会及遗体告别仪式，退还了所扣发的十年工资。”

2016年11月，时值陈半丁先生诞辰140周年，“此中有真趣——纪念陈半丁诞辰140周年艺术展”在中国美术馆开幕。此次展览精选了陈半丁先生在花卉、翎毛、人物、山水、书法、篆刻等诸多艺术门类的代表之作，令观者大饱眼福。

有专家评论说，绘画是寂寞之道，大师级的艺术家必须舍弃世俗的热闹。就如世人总怀有对永生的渴望，然而一切眼前的、平常的、抽象的事物都会远去，而在那些具象的、特殊的、微妙的瞬间，在时光的深处，总有一种神秘的力量，驱使艺术家去表达内心的扣人心弦。但是，以陈半丁当时的社会身份与政治地位，他很难享受这种“寂寞”，每到特殊时期便身不由己地被推向风口浪尖。

七、梁思成与米粮库胡同的缘分

梁思成（1901—1972年），广东新会人，中国著名建筑史学家、建筑师、城市规划师和教育家，一生致力于保护中国古代建筑和文化遗产。他系统地调查、整理、研究了中国古代建筑的历史和理论，是这一学科的开拓者和奠基者。

梁思成还是人民英雄纪念碑的设计主持人，新中国首都城市规划工作的推动者，新中国成立以来几项重大设计方案的主持者，是新中国国旗、国徽评选委员会的顾问。

1. 忆往昔，青春年少时

1923年，是梁思成在清华读书的最后一年，5月7日这天，梁思成骑着大姐赠送给他的摩托车，后座带着弟弟梁思永，从北京城西驶向南边追赶游行示威队伍。车骑到南长街口，突然被北洋政府陆军部次长金永炎的轿车撞倒，而金永炎竟然连车都没下，从窗口扔出自己的名片给前来的警察处理后事，然后便驾车扬长而去。

军阀金永炎比起当时如雷贯耳的梁启超的社会声望和影响力差远了。在社会舆论的强大压力下，他出面道歉并承担全部医疗费，还拿司机做替死鬼。最后，总统黎元洪出面替他求情，梁家才罢休。遗憾的是，梁思成在协和医院接受治疗后，因为当时的医疗技术和设备所限，脊椎骨和腿部的手术都没有做好。结果，他的脊椎骨出现了弯曲、驼背，致使左腿短了一厘米。在以后的年月里，梁思成的鞋子都是专门定制的。

梁思成受伤住院，却使得他有幸与年轻的林徽因结缘。这期间，林徽因每天都去医院服侍他。恰值初夏时节，梁思成汗水淋淋，她也顾不得男女避讳，为梁思成揩面擦身，无微不至。因为此次车祸，本来梁思成计划1923年赴美留学的日期只得推迟一年。如此，也正好等到了林

梁思成与林徽因

徽因中学毕业，并考取了半官费留学。之后，两人漂洋过海，开始了新的求学生活。

梁思成曾经回忆说：“我第一次去拜访林徽因时，她刚从英国回来，在交谈中，她谈到以后要学建筑。我当时连建筑是什么还不知道，林徽因告诉我，那是艺术和工程技术为一体的一门学科。因为我喜爱绘画，所以我也选择了建筑这个专业。”可见，还是十六岁的林徽因把梁思成领上了建筑学之路。

2. 米粮库胡同的美好时光

1924年，梁启超与好友林长民已就子女间的婚事达成一致意见。于是，在家长的安排下，梁思成与林徽因共同赴美求学，成了同窗和恋人。1925年，林徽因之父林长民死于流弹。之后，林徽因在美的学业生活，以及其生母的赡养均依靠梁家照料。如此恩情，更坚定地促成了梁思成与林徽因成为外人所仰慕的一段姻缘，“绝代双骄”最终修成正果。

1927年2月，梁思成和林徽因从美国宾夕法尼亚大学毕业。秋季，林徽因进入耶鲁大学戏剧学院，攻读舞台美术，成为第一位在国外学习舞美专业的中国学生。翌年，梁思成和林徽因在加拿大渥太华中国总领事馆成婚，姐姐梁思顺和姐夫周希哲领事是他们婚礼的见证人。婚后，二人在梁启超的安排下，去欧洲旅游，既欢度蜜月，也开阔了眼界。

1928年，梁思成和林徽因回到北京，居住在地安门内米粮库胡同3号。不久，梁思成受张学良聘请创办东北大学建筑系，并为编写中国建筑史开始调查研究中国古建筑。中国营造学社成立后，朱启钤力邀梁思成、林徽因回北京参加营造学社工作。1931年，梁思成将创办了三年的东北大学建筑系移交给他的同学和挚友童寯、陈植等，再赴北京参加中国营造学社工作，任法式部主任。从此，梁思成与北京古城结下了不解之缘。

在中国营造学社工作期间，他们一直坚持对中国古建筑进行调查、研究，并呼吁保护古建筑。为了解我国古建筑的分布情况，梁思成给全国每个县的邮政局长汇去两块大洋。虽然梁思成做教授收入很高，但这也是一笔不小的开销。他也不知道人家叫什么，只写邮政局长收，并给每人写一封信说明：我们在考察、保护中国古建筑，希望你收到两块大洋以后，能把你们县境内的古建筑拍照片寄回来。其实，梁思成靠这种方法收集资料，心里也没有底。他所做的工作，是前人从来没有做过的事业。令梁思成特别感动的是，全国所有县的邮政局长，都拍了本县的古建筑照片，按时给他寄了回来。

抗日战争胜利之后，中国营造学社出来的成员又投身到社会建筑和规划当中。梁思成创办了清华大学建筑系并

左起周培源、梁思成、陈岱孙、林徽因、金岳霖、吴有训；前排梁再冰、梁从诫。1938 年在昆明合影

对北平市政规划提出建议。由于战争之故，中国营造学社有相当多学术研究是在抗战后方四川李庄完成的。

1948年，“蒋家王朝”即将灭亡之时，正在美国讲学的梁思成面临着后半生的重要抉择：他既可以留在美国，以教授的身份从事自己的设计和研究，过着衣食无忧的生活，也可以回到中国这个属于自己的贫穷落后、百废待兴的故土。最终，梁思成坚定地说，我还是回去为中国的建设出力吧！

3. 北京古城被拆时

清华大学的楼庆西和陈志华教授回忆说：“开国大典那天，我们从清华园附近的火车站上车，下车后又走了若干小时，到了北大（沙滩红楼）旧址，中午时步行到天安门，下午3点钟开国大典正式开始。毛主席在城楼上说了我们很熟悉的那句话：‘中华人民共和国中央人民政府今天成立了！’然后他一按电钮，五星红旗冉冉升起。那时候我们平常只能吃高粱米，白面馒头一周才能见到一次。因为参加开国大典，吃上了芝麻酱花卷，还每个人发了两三根香肠。”

当时，梁思成是清华大学建筑系主任，被邀请在天安门城楼上观看开国大典，他说看到五星红旗冉冉升起时，感动得哭了。楼庆西回忆说：“梁先生跟我们说，你们是生逢其时，赶上一个好时代，你们要好好学习，要一辈子为人民服务。那次接见时间虽然很短，但对我影响至深。如今60年后，再去回忆梁先生，我觉得也是有意义的事。”那时，梁思成对于新中国的热爱溢于言表，对于北京城的建设和保护充满了热情和信心。

1954年，梁思成进城发现地安门已经没有了，广安门也消失了，听说正拆广渠门。他急忙赶过去，发现已经只剩下一个城台和一个门洞。“建设者”们正向北京最后的两个城门——崇文门和西直门进军，力争以最快速度将这两个城门拆除。

梁思成在痛苦万分中百思不得其解，当初煞费苦心要保存的北京旧城，现在为什么又要亲手摧毁呢？他清楚地记得，那是在1948年深冬的清华园，一天晚上，两个解放军方面的人员来到梁家。他们摊开一张军用地图，请梁思成在地图上标出重要的古建筑，并划出禁止炮击的地区。这使梁思成夫妇意外之余大为感动，他们随即用红色的铅笔，在那张军用地图上，把他们认为必须特别加以保护的地点，一一圈点出来。北平最终获得和平解放，国人额手称庆；梁思成漏夜圈点禁止炮轰图一事，成为民族文化遗产保护的永久佳话。但梁思成怎么也没想到，北京旧城却在和平时代遭到“肢解”。

当年开始拆东便门时，梁思成抚墙痛哭，要求保留这唯一一块古建筑标志。为了北京旧城多保留一些有价值的牌坊、琉璃宫门等古建筑，在一次办公会议上，梁思成和吴晗争得面红耳赤。吴晗站起来说：“您是老保守，将来北京城到处建起高楼大厦，您这些牌坊、宫门在高楼包围下岂不都成了鸡笼、鸟舍，有什么文物鉴赏价值可言！”梁思成气得当场哽咽失声。

1954年底，为了疏导城市交通，地安门被拆除。梁思成曾在1957年写了篇文章，他说拆了北京的城墙、城楼，就像挖他的肉，削他的皮，对古建筑物这样的一种粗暴无情，让他无比的痛心。但是此时的梁思成已无能为力，他所能做的，只有在每一个牌楼被拆时，赶到现场，看最后一眼。

4. “梁陈方案”被否决

早在1950年2月，梁思成就和居住在南京、曾留学英国的著名建筑家陈占祥一起递交了《关于中央人民政府行政中心区位置的建议》，即著名的“梁陈方案”。方案提出在旧城外的西侧另辟新区，将旧京城保留下来，重新建一个新中国的政治心脏。用一条便捷的东西干道连接新旧二城，如扁担一样担起中国的政治心脏和中国的城市博物馆。

梁思成要保卫的“北京旧城”，即使没有到过北京的人，也早已从香烟牌上见识过。今天，人们看到的孤独兀立在车水马龙中的正阳门及其箭楼之间，是一个由城墙围成的巨大瓮城；北京内城九门都是由箭楼和城门楼构成的双重城楼的巍峨建筑，门楼为三檐双层的巨大楼阁或殿堂。包括外城和皇城的城门城楼、箭楼、角楼等，曾多达四十七个。斯城不再，如今，我们只能借助照片和想象来完成对它的怀念了。

梁思成甚至不无诗意地畅想旧城生活：城墙上面，平均宽度约十米以上，可以砌花池，栽植丁香、蔷薇一类的灌木，或铺些草地，种植草花，再安放些园椅。夏季黄昏，可供数十万人纳凉休息。秋高气爽的时节，登高远眺，俯视全城，西北苍苍的西山，东南无际的平原，居住于城市的人们可以这样接近大自然。还有城楼、角楼等可以辟为陈列馆、阅览室、茶点铺。这样一带环城的文娱圈，环城立体公园，是全世界独一无二的。

但是，“梁陈方案”被无情地否定。梁思成不愿放弃最后的一丝希望，仍据理力争。但在那个年代，梁思成微弱的呼喊，很快被淹没在历史巨大的呼啸声中。其实早在“梁陈方案”之前，梁思成对北京未来的规划设想，就与陈占祥的观点不谋而合。两人的分歧只是在选址上，梁思成认为应以早年西郊五棵松一带日本“居民留地”为基础，建设新中心；而陈占祥“认为不能把新城建得那么远，老城区和新城区隔离开来，应该有一个衔接”，“他建议放在三里河那一带，这一带离老城比较近，过渡比较自然，而且有水系，这样的话还可以跟南边莲花池呼应，又可以建第二条中轴线。”令陈占祥意外的是，梁思成很快便接受了他的建议，多年后，陈占祥如此感慨：“并不是每个人都有从善如流的美德，只有胸襟坦荡、虚怀若谷的人才能做到这一点。”

在商讨“梁陈方案”的日子里，陈占祥的女儿陈愉庆回忆说：“那段时间我们家经常灯火通明，父亲和梁先生几乎整天在一起”，还是孩童的她则“兴奋地围着家中一张明式花梨木大餐桌团团转，目睹他们把一件件人民英雄纪念碑的模型排在大桌子上，热烈讨论每种设计的利弊得失。多少次争得面红耳赤，转瞬又笑逐颜开，云淡风轻。有时半夜醒来，仍可看到客厅里灯火通明，不知父亲躬身在绘图板上赶制什么鸟瞰图、立面处理示意图之类。母亲默默陪坐在一旁织毛线，不时起身为父亲的茶杯里添着开水，递去一小碟他喜欢的核桃姜汁饼干。”

5. 大屋顶“圆梦”

1954年，梁思成主持并审定景山后街大楼的施工图纸，再次与地安门米粮库结缘。如今，站在景山万春亭向北眺望时，两座极具中国民族风格的建筑大楼（以下简称大楼），在南北中轴线两边格外醒目。灰色的楼体，绿色的琉璃瓦屋顶，与周边环境协调有致，构成一幅优美和谐的图画。

或许是为了弥补拆除城门后的遗憾，大楼的设计者陈登鳌不是仅为大楼戴个“绿帽子”，简单地仿古或复古，而是基于北京城的中轴线、周边环境和布局、最北端的钟鼓楼，以及景山制高点俯瞰等全盘设计和构思，也成就了该大楼至今仍富有的朝气和活力。为此，大楼在中部和角楼突出做绿琉璃攒尖顶，大门、阳台和檐下用大量的古建筑构件图案装饰，从景山向地安门望去，景观效果十分明显。设计采用轴线对称的构图手法，在住宅上采用了绿色

站在景山上向北眺望景山东、西大楼

琉璃瓦的大屋顶，这一做法对于协调城市轴线上的建筑轮廓线很有作用，是当时提倡民族形式的典型住宅。从景山上向北望去，大楼拱卫着金碧辉煌的地安门和钟鼓楼，融入了城市周围特定的环境之中，维护了故宫乃至城市的中轴线。

值得注意的是，这两座大楼的北部尽头，恰好在黄化门街西口和米粮库胡同东口戛然而止。由于两胡同口并不相对称，因此，两栋大楼的南北长度虽不相同，却保存了古城的原始风貌，不因建筑而破坏街巷的格局，也少去住户的拆迁之举。

大楼的设计者虽是建筑师陈登鳌，但由于大楼所处位置的重要性，所以由时任北京市都市计划委员会副主任的梁思成挂帅并主持审定设计方案。陈登鳌也曾多次请教梁思成，审定景山东西大楼设计方案，讨论修改意见和审计构想。

那时中国老百姓谁都没住过单元楼，更没有“单元”的概念，建筑师还真不知民居工程为何物，所以就把宿舍当办公室盖。此举的好处是施工标准超高，钢筋混凝土不说，墙有半米厚。楼道里有公用厨房和大家共享的卫生间；阳台都是汉白玉的，好看不实用。工程质量绝对一流，相对来说造价也高。1976年唐山地震，周围平房坍塌了不少，这几栋大楼却纹丝不动。

但是，“大屋顶”式建筑也为设计者惹来不小的麻烦。20世纪50年代初抗美援朝，民族情绪空前高涨，具有民族特色的仿古大屋顶受到中苏专家一致追捧，梁思成更是中华民族风格建筑的坚定倡导者。但到了1954年，随着斯大林去世，赫鲁晓夫否定斯大林巴洛克式仿古建筑艺术潮流兴起，中国掀起了针对“大屋顶”的反浪费运动，矛头直指梁思成。《人民日报》点名批评了地安门景山东西宿舍大楼，陈登鳌被迫登报道歉，梁思成更是多次被批判、做检查。

6. 此情可待成追忆

1955年，林徽因病逝于同仁医院，享年五十一岁。客观地说，在林徽因患病的这些年中，身为丈夫的梁思成可谓是殚精竭虑。在林微因生病的日子里，梁思成不仅要生炉子、倒炉渣，还学会了肌肉注射，每天为林徽因打针，且面对种种“不满”，梁思成总是保持沉默。至此，年仅五十四岁的梁思成终于得以“解脱”。

1956年2月，梁思成被告知将参加一个有毛泽东出席的宴会，于是他就写了一封信，交由周恩来转毛泽东。

梁思成在信中说：“最敬爱的毛主席：几年来，我是您一个最坏的学生。我脱离了您的领导，犯了严重错误，为祖国人民带来了巨大损失，而长期看不见自己的错误。但是，今天我却正在为自己祝贺，因为在您和各位领导同志的关怀下，在彭真同志的亲切教导下，我终于初步认识到自己的错误了……我觉得我一步步地更接近了党……准备着把一切献给您，献给我们伟大的党和可爱的祖国。”

周恩来当天即批示：梁思成要求入党的信即送主席。2月24日，毛泽东批示：“彭真：我觉得可以吸收梁思成入党。交北京市委酌处。”但梁思成入党的事，在1956年毛泽东批示之后，长期没有下文，直到1959年1月他才加入中国共产党。其原因是清华大学很多党员不同意他入党，说他曾犯过“大屋顶”的错误。

彭真为此事专门做清华大学的工作，结果还是没有马上落实。过了一段时间，彭真找校长兼党委书记蒋南翔，召集市委和清华大学校党委几位书记开会讨论梁思成的入党问题。彭真在会上耐心地讲，梁思成对错误已经做了诚恳检讨，他写信给毛主席请求入党，毛主席也为此做了批示。经过这次会议，清华大学党委给党员做工作后批准了梁思成入党。

1959年3月11日，《人民日报》一则报道称：几年来，高级知识分子在党的关怀和教育下，政治思想觉悟有了很大的提高，纷纷提出入党的要求。北京市从1958年初到目前止，已有五千多名优秀分子入党。其中中央国家机关各级党组织就有七百一十名优秀分子入党。这篇报道在标题中特别标出了——清华大学建筑系主任梁思成的名字。

梁思成终于加入中国共产党，但新的问题又来了，那就是他决定再婚娶林洙。此举在清华再次引起轩然大波，上至梁思成的领导及同事，近至身边的至爱亲朋，纷纷表示反对。人们心中的“金童玉女”，怎么能“移情别恋”？梁思成的儿女也坚决反对。但梁思成还是坚持与林洙走在了一起，同时也一度陷入了亲情的“孤岛”。众多姊妹晚辈都疏离了，只有儿子梁从诫偶尔回来探望。

在那个年代里，人们对于他人私生活的干涉习以为常，甚至要“上纲上线”。其实，梁思成当时身体不好，工作较忙，家里还有林徽因八十岁的母亲需要照顾，日子过得挺辛苦。由已到花甲之年且体弱多病的女婿照顾八十岁的岳母，多少还是不方便的。

1961年，国家大环境给知识分子相对宽松的环境。在学术上又有新希望的梁思成，自然需要有人照顾生活。也

1962 年，梁思成与再婚妻子林洙

正是在这样充足的理由下，梁思成与林洙终于在1962年结为夫妻。梁思成曾对林洙说："我不否认和林徽因在一起有时很累。"

梁思成的晚年，在生活上完全依赖后"老伴"，主要体现在吃喝拉撒睡这些生活琐事上。梁思成毕竟出身名门，少年留学海外。学成归国后成为国内最权威的建筑专家，在清华工作期间享受副部级待遇，月薪四百多块，家中有保姆。所以，在梁思成的脑子里没有柴米油盐醋的概念，也根本不操这份心。可以想见，林洙走入梁思成家之后扮演的角色有多大难度，况且她自己还带着两个与前夫的孩子。

1971年末，梁思成因病住院治疗。陈占祥去医院探病时，梁思成说："这几年，多亏了林洙啊！"

1972年，"文革"中再次受到批判的梁思成于贫病之中撒手人寰。他在生命弥留之际，总在重复这样的话：世界上很多城市都长大了，我们不应该走别人走错的路。早晚有一天你们会看到北京的交通、工业污染、人口等，会有很大的问题。

梁思成的学生、两院院士周干峙撰文道："解放以后，梁先生在新中国生活工作了22年……总起来，真正发挥作用的时间最多一年半左右，特别是最后带着困惑和痛苦去世，不能不说是一场悲剧。"

八、徐悲鸿的身影

徐悲鸿（1895—1953年），原名徐寿康，江苏宜兴市屺亭镇人。1919年留学法国学西画，归国后长期从事美术教育，先后任教于国立中央大学艺术系、北平大学艺术学院和国立北平艺术专科学校。

1949年后，徐悲鸿任中央美术学院院长，与张书旂、柳子谷并称为画坛的“金陵三杰”，所作国画彩墨浑成，尤以“奔马”享名于世。

石原皋在《闲话胡适》中记述道：“徐悲鸿遭婚变，1932年2月12日来到北京，住在胡适家中，我每逢星期六进城，也住在胡家。那时，胡家搬至米粮库4号，房屋宽敞，庭院也大。徐独居一室，没有人打扰他，终日画画，藉抒愁思。他的画以鸡、马等为最多，满壁满地都是他的画。大约住了四五个月，他的创痕稍消，精神重振，方告南旋。”

1. 米粮库胡同作画抒怀

徐悲鸿与胡适早在1918年就已相识，他们都是由蔡元

徐悲鸿在作画

培组织的北京孔德学校教务评议会会员，期间曾参加过全体评议员及部分教员的组织，以及讨论修改教科书等问题的研究会。当时，徐悲鸿任北京大学画法研究会导师，胡适任北京大学教授。徐悲鸿住后门吉祥寺，胡适住南池子缎库后胡同，彼此相距不远。此后，徐悲鸿于1919年3月赴法国留学，直至1927年9月初乘轮船回国抵达上海，徐悲鸿才完全结束了八年多的留学生涯。这期间，他们之间的交往并不多。

徐悲鸿与胡适真正交往起来，应该从新月社说起。新月社是中国现代文学史上影响较大的一个文学社团。1923年3月成立于北京，是“五四”以来影响较大、以探索新诗理论与创作为主的文学社会团体。

新月社主要成员有胡适、徐志摩、闻一多、梁实秋等。前期他们把《晨报副刊》作为阵地，后期创办《新月》月刊（1928年）、《诗刊》周刊（1931年）。新月社涉及政治、思想、学术、文艺等各领域，在思想上和组织上都表现了资产阶级自由主义的特点。它在中国现代文学史上的主要贡献在于新诗，闻一多、徐志摩等人针对自由体诗体现的散文化倾向，提出新格律诗的主张。徐志摩的《再别康桥》、闻一多的《死水》等是新月派的佳作。

1927年9月，徐悲鸿乘轮船回国抵达上海后，很快就与新月社的重要成员，也就是胡适的挚友徐志摩有了频繁的交往。在这种情况下，本来就相识、并有过共事经历的胡适与徐悲鸿，之后一直保持着真挚的友情。从徐悲鸿致胡适的书信中证实，只要徐悲鸿到北平就会住在胡适家中，甚至胡适因病住院期间，徐悲鸿也是照住不误，每天闷在胡适家中挥毫作画。

1932年，徐悲鸿时任中央大学艺术课美术教授，日本军舰炮轰南京，中央大学被迫停课。2月12日（大年初七），他抵达北平，寓地安门内米粮库胡同4号胡适家中。当时徐悲鸿所住的客房，正是之前徐志摩寓居胡适家时所住的房间。

徐悲鸿在2月9日致上海友人舒新城的信中道出了当时的心情，他说：我住的是当时徐志摩的故居，实深感伤，而且胡适患盲肠炎，在医院手术治疗。徐志摩在三个月前遭飞机失事遇难，而此刻徐悲鸿又住在其房间，难免触景生情，心情凄悲。但也有言论说，当时徐悲鸿正处在个人感情生活的旋涡之中。

当时徐悲鸿与夫人蒋碧薇出现感情危机，争吵不断，据说徐悲鸿又与学生孙多慈相互爱恋。徐悲鸿的内心是痛苦而矛盾的，与蒋碧薇的婚姻也拖了多年都未了断。

2. 问世间，情为何物

熟知徐悲鸿的人都知道，他一生中，曾和三个女人紧密联系在一起。先是蒋碧薇，再是孙多慈，最后一个则是廖静文。1953年徐悲鸿离世后，蒋碧薇写了《蒋碧薇回忆录》，廖静文写了《徐悲鸿一生——我的回忆》。唯独孙多慈，这位徐悲鸿最赏识的学生，也是不具有婚姻关系的恋人，直到她郁郁离世前，也未曾留下回忆老师的只言片语。

首先，徐悲鸿和蒋碧薇当年就曾谱写了爱情“生死恋”的佳话。蒋碧薇生于宜兴的望族，据说蒋宅高墙巍峨，连绵数进，是当时宜兴城里最大的房子。蒋碧薇是蒋家的次女，本名棠珍，1916年其父蒋梅笙在上海复旦大学当教授，蒋碧薇随父在上海读书。当时徐悲鸿从家乡宜兴到上海发展，经人介绍去拜访这位前辈乡贤，徐悲鸿的人品才貌不但深得这位前辈的赏识，也赢得了少女蒋碧薇的芳心。可惜的是，蒋碧薇在十三岁时就由其堂姐做主，许配给了苏州的查紫含。但情窦初开的蒋碧薇，却与出身寒微且已丧妻的徐悲鸿悄悄爱恋起来。后来徐悲鸿得到资助要去日本留学，这位蒋二小姐便跟着他“私奔”到了日本。在去往日本的大海上，徐悲鸿将刻有“碧薇”二字的水晶戒戴到她的手指上。从此，“蒋棠珍”成了“蒋碧薇”，十八岁的蒋碧薇对未来生活充满憧憬。

女儿和男人私奔，对名门望族的蒋家来说是件很不体面的事，况且也不好向已经定亲的查家交代。无奈之下，蒋家只得宣称蒋棠珍已因疾病身亡，并在宜兴家中设了灵堂。出殡时，为免起疑心，棺材里还放进了石头。多少年后，宜兴城里对此事还是津津乐道。在日本，在欧洲，蒋碧薇和徐悲鸿度过了一段同甘共苦的“浪漫”日子。在徐悲鸿作于法国的油画《吹箫》中，那个吹箫的女子不知倾倒了多少人；而这女子的原型就是蒋碧薇。也正是在这段时间内，徐悲鸿在美术界建立起了他的赫赫声名。

常言道，树欲静而风不止。在有了安稳日子后，徐悲鸿与蒋碧薇却常为些小事不快，龃龉日增，这让徐悲鸿十分郁闷。徐悲鸿在国立中央大学艺术系当教授，每月薪金三百元；蒋碧薇在家料理家务，招待客人，生活优裕而安定。但夫妻两人却常常为生活琐事拌嘴，起因是徐悲鸿喜爱收藏古董古画及金石图章，一见到好画好古董，爱之如命，不惜重金收买；而妻子喜欢过舒适生活，又好请客、好交际，双方都要花钱，矛盾渐生。

也正是在这当口，艺术系的一位女学生孙多慈走进了徐悲鸿的生活。孙多慈（1913—1975年）又名韵君，端庄秀美，颇具艺术家气质。她出身于安徽寿县的书香名门，祖父孙家鼐曾任清廷大臣，声名显赫。父亲孙传瑗饱读诗书，在东南五省联军总司令孙传芳麾下任秘书。孙多慈自幼酷爱丹青，1930年投考中大艺术系，竟以图画满分被录取，师从徐悲鸿。于是，徐悲鸿的笔下就多了些描绘孙多慈少女风姿的素描与油画。而孙多慈在风华绝代的艺术大师的呵护与关照中，其内心自然也是不再矜持了。婚外恋、师生恋并举，一时间又是几多欢乐几多愁。蒋碧薇认为徐悲鸿移情于孙，背叛了她的感情，自然是不能容忍，大吵大闹，弄得满城风雨。

由于孙多慈的父亲坚决反对女儿与老师恋爱，屈于父命，孙多慈于1940年嫁给浙江省教育厅厅长许绍棣。婚后颇生悔意，家庭不睦，借故常去美国。到美国必访画家王少陵，只因王家墙壁上所悬“急雨狂风势不禁，放舟弃棹迁亭阴。剥莲认识中心苦，独自沉沉味苦心”条幅，乃当年徐悲鸿专为孙多慈所撰。她每每睹物思人，黯然神伤。

抗战胜利后，徐悲鸿多次努力和蒋碧薇和好，甚至泪流满面地乞求，但此时蒋碧薇正与张道藩爱得如火如荼，对徐悲鸿有的只是嫌恶，和好是根本不可能的事。二人最终在重庆协议离婚，做证律师是大名鼎鼎的沈钧儒。蒋碧薇从徐悲鸿那儿得到了一百万的赡养费和一百幅徐悲鸿画作。

徐悲鸿了结了多年缠绕在身的感情纠葛，却落了个“鸡飞蛋打”，内心十分失落。之后，徐悲鸿与廖静文结为夫妻，并相伴终生。

1942年，廖静文在长沙有名的周南女中读书，梦想考入大学，像居里夫人一样从事化学研究。当年她以第一名的成绩考上了湖南商学院，却又偏偏想要去广西上学。因为战乱，廖静文到了广西才发现自己已经错过了报名日期，只好在“抗战文艺演出团”找了份唱歌的工作勉强度日。后因不满领导把几个从沦陷区来的姐妹裁掉，执意离开了演出团。她在报纸上看到重庆的中国美术学院招图书管理员，便报名面试。在那次面试中，廖静文见到了当时已经大名鼎鼎的徐悲鸿。

廖静文回忆说：“他那时已47岁了，两鬓有些花白，有一张苍白憔悴却轮廓优美的脸。”“还不到27岁的我就这样被聘用了，跟着悲鸿到了重庆。当时学院图书馆的书并不多，我有闲了就帮先生整理画案，也看他画画。好多次看他自己洗衣服甚至钉纽扣，真的很替他难过，我知道他妻子爱上了别人离开他了。”有一段时间，他们经常一起到嘉陵江边散步，天长日久，他们互相依恋，便考虑订婚。

在谜一样的人生面前，廖静文说，遇见悲鸿，“改变了我的一生”。仅仅相濡以沫七个年头就与悲鸿阴阳两隔，对于命运的艰辛，廖静文仍认为自己是幸运的。“因为他是中国如此杰出的一个人物，遇见他、陪伴他、为他生下两个孩子，这对平凡的我来说真是意外的幸运，尤其是每当我想起他生前那么钟情于我，都忍不住要流泪。”廖静文曾写作《徐悲鸿一生——我的回忆》一书，在廖静文的笔下，徐悲鸿先生就是大师，就是偶像。字里行间，充满着对大师的尊重和喜爱。

1946年，春雨绵绵中的南京，孙多慈旧地重游，她独自徘徊于鼓楼傅厚岗公馆和当年上学的国立中央大学校园时，心情惆怅而痛苦，往事幕幕，物是人非。她心中挚爱的人只有徐悲鸿。

1949年，孙多慈随丈夫许绍棣去了台湾，任台湾师范大学艺术学院教授、院长。1953年，孙多慈赴美国纽约与画友相聚，期间忽闻徐悲鸿逝世，顿时昏厥。醒来后面色惨白，悲痛不已，当即表示要为徐悲鸿戴孝三年。后来孙多慈果然践行了这一诺言。

1975年2月，孙多慈弥留之际，问今天为何日，闺中密友吴健雄（著名物理学家）告诉她翌日是情人节，孙多慈眨动了一下眼睛，之后她用手指在吴健雄掌心费力地画动着。然而吴健雄并不知道她要表达的是什么，但她立即猜出，孙多慈最后想说的，或者说最后在她掌心留下的，可能是“慈”和“悲”两个字。因为徐悲鸿每作完画作，极爱用一方细朱文闲章，其印文就是“大慈大悲”。月余后，由于长期抑郁，孙多慈因患癌症病逝于美国洛杉矶。

3. 徐悲鸿卖“马”

抗日战争期间，内地许多国立学府随政府迁来重庆，仅沙坪坝就集中了国立中央大学、国立重庆大学、四川省立教育学院、国立中央工校等很多学校。

但令人遗憾的是，沙坪坝学校虽多，却没有一家像样的书店，更不见有能出版和销售进步书籍的地方。因此莘莘学子一再呼吁，渴望有人来玉成其事。当时有个名叫陈汝言的江苏人，想顺应民心，办一个“正风出版社”，但苦于缺乏开办经费。

李公朴教授给陈汝言献上一计，说：“要钱只有找徐悲鸿。他的画是热门，一匹‘马’就卖了500元。”陈汝言听后很高兴，因为他深知徐悲鸿的为人，也知道自抗战以来，徐悲鸿大师在新加坡、吉隆坡、新德里、槟榔屿等地举办画展卖画的行情，以及他把画展收入捐献给离乡背井难民的义举。他想，只要徐悲鸿认为这个小小书店办得有价值，他就一定会慷慨解囊的。于是陈汝言便从沙坪坝过江来到江北盘溪找到徐悲鸿，大胆讲出了自己的想法。

徐悲鸿听完这个小同乡的坦诚之言，沉思片刻，用郑重的语气回答说：“你想办个出版社，我支持。我虽不是富翁，但出点钱是办得到的。不过要办就得办出自己的特色，应多出版些世界名著和国内的好作品。你回去找中央大

徐悲鸿创作于 1932 年的奔马图

学的一些知名教授担任编委，他们答应了再来找我要钱。”几天之后，陈汝言把编委会组织好后又来到盘溪，徐悲鸿立即拿出两千元交给陈汝言做开办费，并说：“这是我卖的两匹‘马’的价钱。”不久，正风出版社就在沙坪坝正式开张了，出版了很多享誉文坛的世界名著和国内进步书籍，徐悲鸿卖“马”办书店的事迹亦被传为佳话。

廖静文说，徐悲鸿的作品中有很大部分是抗战时在重庆完成的。在重庆创作的作品《巴人汲水》，2010年一家拍卖公司拍卖了1.71亿元，被一个收藏家买下。这幅画当时在重庆共创作了两幅，现在另外一幅保存在徐悲鸿纪念馆。廖静文说：“悲鸿在重庆创作的《会师东京》，也是我印象深刻的一幅作品。”

4. 与白石老人的忘年交

1946年8月底，徐悲鸿携妻带子告别南京来到北平，就任国立北平艺术专科学校校长。他首先冲破重重偏见，顶着巨大压力聘任齐白石为该校名誉教授。开学那天，徐悲鸿亲自乘车把齐白石接到学校，向全校师生介绍齐白石精湛的艺术造诣。考虑到齐白石的确年事已高，徐悲鸿还给予多方照顾。入冬以后天气寒冷，给他在讲台边生个火炉；到了夏天，又给他装个电扇；刮风下雨，还派车接送往来，可谓无微不至。

从此，他们之间来往频繁，两位艺术大师相互钦慕，并肩而行。每遇到不顺心或不愉快的事，齐白石总是要向徐悲鸿一吐为快，甚至卖画的钱款算不清楚了，也来找徐悲鸿替他核算。只要是徐悲鸿说了的事情，他便深信不疑。

转眼到了1949年初，在人民解放军兵临城下、北平即将解放之际，国共双方展开了一场人才争夺大战。南京国民党政府教育部一面急电要求北平各大专院校南迁，另一面数次派飞机前来，试图把北平科学文化教育界的知名人士都“抢”走。在此人生抉择的关键时刻，以徐悲鸿为核心的国立北平艺术专科学校坚决抵制南迁。

与此同时，中国共产党也在积极设法多方争取，力图使更多的专家学者留下来。一天深夜，田汉奉党的指派秘密潜入北平城内，来到老朋友徐悲鸿家。他首先向徐悲鸿、吴作人（国立北平艺术专科学校教授兼教务主任）等介绍了解放区的情况，并异常激动地说："我来北平之前，见到了毛主席和周恩来。他们希望悲鸿在任何情况下都不要离开北平，并尽可能在文化界多为党做些工作。"

徐悲鸿对此深为感动。次日，他携夫人前往齐白石家看望，却发现老人家正满面愁容地坐在画室里。经询问，才知他受到了敌特分子的恫吓。有谣言说共产党打进北平后，将按照一个黑名单把这批有钱人统统杀掉，其中就包括齐白石。老人家一时被吓蒙了，正准备带上全家老小远走他乡。

徐悲鸿夫妇竭力劝说齐白石别听信谣言，并耐心讲解当时形势和共产党的政策。徐悲鸿说："共产党尊敬所有对文化有贡献的人，怎么会杀您呢？"齐白石非常信任徐悲鸿，听了他的话后，毅然放弃出走，与徐悲鸿一道迎来了古城北平的新生。

徐悲鸿小齐白石三十一岁，与齐白石称得上是忘年之交，他对齐白石晚年能够登上艺术巅峰起到了举足轻重的作用。

1953年徐悲鸿去世后，徐家人考虑到齐白石与徐悲鸿交情深厚以及齐白石年事高怕受刺激等原因，暂时没有告诉齐白石这个消息。但是徐悲鸿在世时每月必亲自为齐白石送去工资，现在就只好改由其他人了。

有一天，廖静文去看望齐白石，齐白石问及悲鸿为什么没有来，廖静文就谎称徐悲鸿出国了，就这样维持了一段时间。时间长了，齐白石也就不相信了。约过了一年，齐白石雇了一辆三轮车，由他儿子陪同亲自到徐悲鸿家里看望。这时他才发现徐悲鸿的家门口已经挂上了“徐悲鸿纪念馆”的牌子。齐白石缓缓走进去，纪念馆中徐悲鸿的画室、客厅还都保持着原状。齐白石是在农村出生的，农户家里死了人都要写个灵位，但是纪念馆没有设，只有一张大照片挂在他们原来住的卧室里。齐白石还是坐在原来悲鸿在世时他坐的沙发上，沉默了好久才问徐悲鸿的灵位在哪里。齐白石在徐悲鸿的遗像面前深深鞠躬，说：“悲鸿先生，我来看你了，我是齐白石。”然后默哀一阵子，含着眼泪离开了。

5. 却留思念在人间

在徐悲鸿的两段婚姻中（除去原配夫人），共生育有两儿两女，其中徐伯阳、徐静斐（原名徐丽丽）为蒋碧薇所生，徐庆平和徐芳芳为廖静文所生。徐伯阳只比廖静文小四岁。在他三岁时，徐悲鸿与孙多慈产生恋情，家庭开始变得支离破碎。他和妹妹徐静斐成年前的大部分时间，都是跟母亲蒋碧薇一起度过的。1944年，十七岁的徐伯阳瞒着母亲参加了中国远征军。徐伯阳说，他当时是受到“一寸山河一寸血，十万青年十万军”这一口号的鼓动才决定参军的。当然也有逃避现实，离开不幸福的家庭的原因。

1948年，十九岁的徐静斐考上了金陵女子大学。她跟母亲蒋碧薇的情人张道藩虽然没有血缘关系，却以“秘密父女”相称。张道藩对她宠爱有加，视同己出。1948年底，战事趋紧，大学停课。蒋碧薇把徐静斐送到上海徐悲鸿的弟弟家暂住。哪知没过多久，徐静斐就离家出走了。蒋碧薇多方寻找也没能寻回与她相依为命的女儿。原来，徐静斐受进步思想影响，投奔了解放区，这让国民党要员张道藩颜面尽失，更让母亲蒋碧薇伤透了心。

徐悲鸿、廖静文及其子徐庆平

抗战胜利后，徐悲鸿举家迁至北平。其子徐庆平就是在到北平之后才出生的，故取名庆平。徐庆平回忆说，虽然小时常帮父亲磨墨，但父亲一直不让自己学画。父亲先让他练字，坚持每天亲自批改。徐庆平说，画画有多苦，只有画家本人才能体会，父亲不教画画而让他练字，是为了培养自己的艺术审美能力，并养成刚毅的精神。

徐悲鸿的幼女徐芳芳从小学习钢琴，中学念的是中央音乐学院附中，可惜后来改了行，不然中国会多一个像鲍惠荞一样的女钢琴家。她当过知青，“文革”后考入中国人民大学外语系，后赴美留学。她是第一个进入斯坦福大学管理学院学习的中国内地学生。硕士毕业后，她选择留在美国。

尤其值得一提的是，1994年徐芳芳在台北成功举办了徐悲鸿画展，开创了台湾历史博物馆参观人数之最。为了将父亲徐悲鸿的画作送上宝岛台湾，徐芳芳策划筹备了好几年，克服了重重困难。与徐悲鸿谱写过爱情诗篇的蒋碧薇和孙多慈都去了台湾，徐悲鸿和廖静文留在大陆，且从未到过台湾。熟悉他们故事的台湾民众纷纷前去观展，不只为欣赏画作，亦希望一睹廖静文的风采，结果几百本画册一抢而空。有评论说，台湾民众最感谢的是画展的发起人——徐芳芳。

1994年6月，廖静文为徐悲鸿画展开幕，坐上飞往台湾的航班。当廖静文乘坐的客机缓缓降落在台北桃园机场时，她望着舷窗外说的第一句话就是：“想不到梦想成真，要是悲鸿能亲眼看到多好啊！”

在国内外举办过多次画展的徐悲鸿，生前没有到过台湾，更没有在此办过画展。然而，他与台湾却有着难以割舍的情愫。他的许多弟子在台湾，他的同事和世交在台湾，他的素不相识的崇拜者在台湾。廖静文完成了徐悲鸿生前没有做成的事情。

九、诗人徐志摩的情感世界

徐志摩，1897年1月15日出生于浙江省海宁市，著名现代诗人、散文家、新月诗社成员，倡导新诗格律，对中国新诗的发展做出了重要的贡献。

1921年，徐志摩赴英国留学，作为特别生进入伦敦剑桥大学，研究政治经济学。在校两年，他深受西方教育的熏陶及欧美浪漫主义和唯美派诗人的影响，开始创作新诗。1923年春，徐志摩在北京办起了俱乐部，出于对印度诗人泰戈尔的诗集《新月》的兴趣，提名借用“新月”二字为社名。

徐志摩是胡适的老朋友，胡适曾为他和陆小曼主持过婚礼。婚后，胡适特聘请徐志摩来北大任教。但陆小曼不愿意离开上海，徐志摩只得经常往返于两地之间。胡适在米粮库胡同家中，特意为徐志摩准备了客房，以备好友随时入住。

1931年11月19日，徐志摩搭乘邮政航班机由上海飞北平，参加林徽因的演讲会，却不幸坠毁在济南附近的开山，终年三十五岁。学者温源宁评价徐志摩说：“死亡有诗意，生活有童心。”

1. 痴情诗人别“康桥”

徐志摩出生于浙江一大富商人家，二十岁时由父母安排，与十六岁的张幼仪结为夫妻。当时徐志摩还在北大读书，婚后仍旧回学校上学。在完成了传宗接代的任务后，他又远赴西方求学，留下妻子张幼仪在家孝敬公婆，操持家务。

徐志摩的父母非常满意这个儿媳妇，更非常高兴有了孙子徐积锴，所以不遗余力地支持张幼仪出国去陪读。张幼仪也以为，只要紧紧追随丈夫的脚步就能抓住丈夫的心。当她远渡重洋到了英国后，才发现徐志摩在旅英期间

徐志摩与张幼仪在欧洲合影

已经另有所爱。

1920年，林长民在官场失意后，带着女儿林徽因远涉重洋，来到英国。在伦敦，林长民与正在剑桥留学的徐志摩相识，他们很快就成了无话不谈的朋友。徐志摩惊讶林长民“清奇的相貌，清奇的谈吐”；他后来在回忆文章中写道，林长民的谈吐“满缀警句与谐趣”，对人生有着“锐利的理智的解剖与抉剔”，他“豪爽、倜傥又幽默”。而林长民也同样欣赏徐志摩的聪明智慧、活泼才情，以至两人后来无话不说，无所不谈，甚至还假作“恋人”，互送情书，谈起了恋爱。

徐志摩在与林长民交往的日子里，发现其女儿林徽因聪明伶俐，读书很多，他们常常谈及一些作家及作品。徐志摩感到，林徽因的可爱不仅在她的外貌，更在她活泼跳跃的思维，明澈清新的识见。她对文艺作品的理解和悟性超出了她的实际年龄。徐志摩说，她的北京话略带一点福建口音，而她的英语则是地道的牛津音，发音吐字有音乐感，听上去舒服极了。

不知不觉间，徐志摩发现自己来林寓不仅是找林长民，而是渴望见到他的女儿林徽因；甚至他专挑林长民外出的时候去。同时，徐志摩温雅真诚的笑容，也为林徽因带来无穷尽的有趣话题。在林家温暖的壁炉前，他们度过了多少个寒冷而漫长的冬日。

当时的徐志摩因与林徽因恋爱，不无感慨，异常兴奋，大量作诗。他以诗人特有的情感和胸怀，向林徽因表达着自己的爱恋。那时刻，他已经忘记了自己早已是为人夫和为人父了。而林徽因面对徐志摩的追求，鉴于他已有家室，且不愿意破坏他人婚姻，虽与他交往频繁，却始终没有答应他的追求。

徐志摩对此心知肚明，早已意识到自己的短板。他开始找各种理由嫌弃远道而来的妻子张幼仪，说她是“乡下土包子”，并且提出离婚。张幼仪回忆说，从他们结婚之日起，徐志摩从未正眼看过她，且从不主动与之交流。1922年，徐志摩与当时怀有身孕的张幼仪离婚了，且是在异国他乡。当徐志摩心花怒放、带着奇妙的幻想去找林徽因时，却得知林徽因已随父亲林长民回国了；不辞而别，并且是在早几个月前就回国了。

徐志摩与林徽因再见面时，已是1924年泰戈尔访华期间，他俩共同担任翻译。之后徐志摩陪同泰戈尔去了日本，林徽因和梁思成到了宾夕法尼亚大学。四年之后，林徽因嫁给了梁思成。多年以后，林徽因曾对自己的儿子梁从诫说：“徐志摩当初爱的并不是真正的我，而是他用诗人的浪漫情绪想象出来的林徽因，而事实上我并不是那样的人。”林徽因心里清楚，徐志摩只是她生命中的惊鸿一瞥，只是一次漂亮的邂逅。“我懂得，但我怎能应和”，这一句是林徽因发自肺腑的对徐志摩的真情告白。

徐志摩留学回到北京以后，又遇到了朋友王庚的妻子陆

林长民与女儿林徽因

小曼——一个漂亮的才女，爱好艺术，擅长诗、书、琴、画。其丈夫王庚在清华大学毕业后去美国留学，先后在哥伦比亚大学、普林斯顿大学等名校就读，后来还到西点军校专攻军事，是父母眼中优秀的女婿。

王庚回国后曾任职北洋陆军部，并以中国代表团武官身份随陆徵祥参加巴黎和会；后任交通部护路军副司令并晋升少将。王庚和陆小曼以及“第三者”徐志摩的情感纠葛在当年是热门新闻，王将军以优雅的绅士大度主动退出了纠纷，并一生独身。但对陆小曼而言，丈夫不过是个不懂浪漫、严格刻板的工作狂。离婚前她虽已怀上王庚的孩子，也坚持要结束两人的婚姻关系。

之后，徐志摩开始追求陆小曼，并且大胆地向对方求爱。此举令当时文化圈内的众人议论纷纷，舆论哗然。

这无论是从旧道德上讲，还是从新道德上论，徐志摩与陆小曼在一起都是不合适的，且徐志摩有破坏“军婚”之嫌。但若仅以情感而言，则另当别论。人们指责徐志摩是在拆散别人的家庭，而且是朋友之妻。但“拆散”还是不“拆散”，决定权在陆小曼。此事过后，当人们再提到陆小曼时，已经不太把她归为画家行列，而更愿意把她归为交际名媛。胡适说，陆小曼是“北京城一道不可不看的风景”。

2. 被训责“用情不专”

1926年10月3日，徐志摩与陆小曼的婚礼在北海公园画舫斋举行。证婚人是梁启超，胡适因出国而未能到场（有人说他故意回避）。或许是他不愿意见证徐志摩与陆小曼的婚礼，但无论怎样，徐志摩的这个婚礼也算得上“别开生面”。

徐志摩早在北大读书时，就拜梁启超为老师，还举行了隆重的拜师大礼。梁启超不仅对徐志摩的一生影响很大，而且在徐志摩心目中的地位也举足轻重。虽然徐梁系密切的师徒关系，但二人的思想差别还是存在的。徐志摩正在不顾一切，舍命追求他的理想的人生，他要争取婚姻恋爱自由。

婚礼开始后，证婚人梁启超发言。他在宾客崇敬的目光下，走上讲席，发表了令主宾瞠目结舌的训词。梁启超训斥这一对新婚夫妇说：“徐志摩，你这个人性情浮躁，所以在学问方面没有成就；你这个人用情不专，以致离婚再娶……陆小曼，你要认真做人，你要尽妇道之职。你今后不可以妨害徐志摩的事业……你们两人都是过来人，离过婚又重新结婚，都是用情不专。以后要痛自悔悟，重新做人！愿你们这是最后一次结婚！”

徐志摩听罢先生的教诲，对梁启超说：“我多次聆听先生的演讲和讲话，唯这番教训最让我刻骨铭心。”次日，徐志摩便携陆小曼到清华园梁府拜访老师，感谢老师的一片苦心。

当时在场的张慰慈，第二天就写信将婚礼上的情况

1926 年，徐志摩与陆小曼

告知远在英国的胡适。有评论说，梁启超爱惜才华出众的徐志摩，而不满放纵情感、行为放荡的徐志摩。梁启超少年英华，才思敏捷，与徐志摩向往性情的奔放、表达的自由、格调清新通脱的才情息息相通，对其爱与恨自然难以厘清。

其实，梁启超在婚礼上说的话，更是针对陆小曼。梁启超第二天便在给儿子梁思成和儿媳林徽因的信中说：“徐志摩这个人其实很聪明，我爱他，不过这次看着他陷于灭顶，还想救他出来，我也有一番苦心，老朋友们对于他这番举动无不深恶痛绝。我想他若从此见摈于社会，固然自作自受，无可怨恨，但觉得这个人太可惜了，或者竟弄到自杀，我又看着他找得这样一个人做伴侣，怕他将来痛苦更无限，所以对于那个人当头一棍，盼望他能有觉悟（但恐很难），免得将来把徐志摩弄死，但恐不过是我极痴的婆心便了。”信中所谓的“那个人”，当指他看不惯的陆小曼。

梁实秋谈到，梁启超这样做，在婚礼之前已经征得徐志摩的同意，可以看作是两人演的一出双簧。其实梁启超的责骂，看似不近人情，但也可以理解为对弟子的一种变相保护。

之后，徐志摩的父母终止了对儿子的经济供给，并且不见、也不承认儿媳妇陆小曼。而徐志摩与陆小曼结婚以后，共同居住在上海，慢慢地感受到生活的压力和经济上的拮据。幸好有老友胡适出手相助，以缓解经济“危机”。

3. 与泰戈尔的友情

印度伟大诗人、作家和社会活动家泰戈尔，与徐志摩有着极深的友谊。

1924年4月，泰戈尔应梁启超之邀，以学者身份来中国访问。他主要活动的城市是北京、武汉、太原等地。他本不打算在上海停留，但当乘坐的“热田丸”号轮船于4月11日抵达上海后，上海文化界盛情挽留，安排他住在沧州饭店，一住就是十几天。他在上海活动期间，由徐志摩陪同。泰戈尔非常欣赏徐志摩的才华，给他起了一个印度名字——苏萨玛（意

泰戈尔（中）与徐志摩、林徽因

谓雅士）。

当时的文化界围绕泰戈尔的到来分为两大阵营，徐志摩、梁启超、胡适为首的“保泰派”，与陈独秀、瞿秋白、茅盾、鲁迅为代表的“驱泰派”针锋相对。“驱泰派”甚至干扰泰戈尔在中国的演讲，号召大家将泰戈尔驱逐出境，行为特别激进。

1924年4月23日，徐志摩陪同泰戈尔乘火车到达北京。泰戈尔在天坛公开讲演，听众人山人海。徐志摩和林徽因随侍左右。泰戈尔的演讲获得了巨大的成功，给北京人留下了美好的印象。他对梁启超说：“不知道为什么，我一踏上中国这块土地，就像回到了家乡一样！”他热爱中国，要求梁启超给他起个中国名字，而且意思要符合他的印度名字。

梁启超苦思冥想，就在泰戈尔在中国庆祝自己六十四岁生日之时，赠给他一个中国名字——竺震旦。泰戈尔原名里含有太阳和雷的意思，这个竺震旦的“竺”字是古印度别称“天竺”的竺，震和旦正蕴含雷和太阳的意思。

泰戈尔回国后，把在中国的言论编辑成册，于1925年在加尔各答出版，书名为《在中国的讲话》，书的扉页上写着：献给我的朋友苏萨玛，由于他的周到照料，使我得以结识伟大的中国人民。

1929年3月，年近古稀的泰戈尔第二次踏上中国的土地。他这次来主要是探望徐志摩夫妇。他到上海后，就住在徐志摩家中。徐志摩、陆小曼夫妇待老人如父辈，亲切地称呼他为罗宾老爹。泰戈尔也总向来访的朋友介绍徐志摩夫妇说：“这是我的儿子和媳妇。”

4. 离别话语“八宝箱”

1931年，沈从文在接受杨振声邀请来国立青岛大学任教前，曾到胡适米粮库胡同的住所向徐志摩辞别。同为文艺创作者，两人畅谈创作心得，以及内心的真切感受。徐志摩向沈从文讲述了自己青年时代的故事，也谈到自己和陆小曼的恋爱、结婚以及现在的分居状况；述说陆小曼迷恋上海的生活，每天不仅打牌、跳舞、看戏，而且还吃上了鸦片膏，和戏子们打得火热，不肯与他来北平。沈从文当时正在追求张兆和，事情已有相当的眉目，暑假以后张兆和将随他一道去青岛。对比之下，徐志摩却显得有些落寞。

徐志摩曾向沈从文透露，他有一个装有书信、日记及手稿的箱子（徐志摩称其为“八宝箱”），寄放在硖石老家。他当时不断在北平和上海两地之间奔波往返，如同风裹篷帆，身不定，心亦不定，所以也就没有把箱子带在身边。徐志摩惋惜青年时代的那段故事现在还不宜写出来，但希望等他老后，等大家都老一点后，请沈从文参考他“八宝箱”里的一切为他写传。

沈从文当时郑重应诺，谁料想此次会面却成为永别。当时，沈从文已在青岛大学任教授，得知徐志摩遇难的消息后，便连夜坐十多个小时火车赶往济南。梁思成、金岳霖和张奚若则代表北平的朋友，和从南京赶来的郭有守和张慰慈共同协商处理善后事宜。梁思成惦记着林徽因的叮嘱，还从失事现场带回一块飞机上的残片（林徽因一直把它挂在卧室的墙上）。

在济南名叫“福缘庵”的小庙里，停放着徐志摩的灵柩。沈从文等人看到棺木里静静躺着的徐志摩，心情异常悲痛，沉默不语。此后，徐志摩的儿子徐积锴和徐志摩前妻张幼仪的哥哥张嘉铸也从上海赶到济南，共同商定，连夜将徐志摩遗体送回浙江老家。

当晚，徐志摩的棺柩被送上了向南开行的火车。沈从文匆匆结束了这次终生难忘的济南之行。不久，他在文章中写道：“他（徐志摩）欢喜各种热闹，现在却离开了这个热闹世界，向另一个寒冷宁静虚无里走去。年纪还只有三十五岁！”

徐志摩遇难后，胡适在日记中写道：“朋友之中，如志摩天才之高，性情之厚，真无第二人！”周作人说：“中国新诗已有十五六年的历史，可是大家都不大努力，更缺少锲而不舍地继续努力的人，在这中间志摩要算是唯一的忠实同志。”周作人在悼念文章中写道，徐志摩遇难前，他们还在景山东大街相遇，志摩还没来得及送给他《猛虎集》。在参加了他的追悼会后，周作人就赶紧在景山书社买了此书。

5. 徐志摩遇难之后

1932年春天，诗人徐志摩的灵柩在故乡海宁硖石安葬时，武侠小说作家金庸当年还是个翩翩少年。由于两家是亲戚关系，当年的查良镛曾代表全家前往吊唁。

金庸回忆道："我妈妈是他（徐志摩）的姑母，他父亲比我妈妈年纪大得多，是我的老舅舅。徐志摩在山东坠机之后，在家里开丧。我爸爸辈分比他大，但他家里有钱有势，如果去吊丧，不免有谄谀之嫌，于是派我去。"

徐志摩系金庸的表哥，两人相差二十七岁之多。有人认为《书剑恩仇录》中陈家洛的形象是来自于金庸心中徐志摩的形象。金庸对此笑而不答。

徐志摩走后留下了两个儿子，都是由张幼仪生育并抚养的。可惜次子德生1925年因病不幸夭折。张幼仪离婚之后，便进入德国学校幼稚教育专业坚持学习，五年后学成回国。她受上海一家女子银行聘请做副总裁，并且还经营一家服装公司，成绩斐然。张幼仪不仅抚养儿子，而且坚持孝敬徐志摩的父母，将公婆养老送终。

1935年，徐志摩的长子徐积锴，在妈妈的帮助下认识了漂亮的张粹文，他们于1938年结婚。1941年，徐积锴毕业于上海交通大学土木工程系，随后养育了三个女儿和一个儿子——徐椇、徐放、徐行和徐善曾。二十九岁的徐积锴夫妇将当时生育的四个小孩子托付给母亲张幼仪，便像他父亲徐志摩一样到美国留学，计划完成学业后回到海宁管理家族企业。

1949年，张幼仪将四个孩子带到了香港，以期让他们早日与父母团聚。1952年，美国移民局终于批准了四个孩子的移民签证，但张幼仪却被拒签，不得不滞留在香港。对这位富有远见和牺牲精神的祖母，四个孙辈始终都怀有深深的敬爱之情。还有说法是因为张幼仪在香港已婚，所以被拒签。直至1974年其丈夫苏季子去世后，张幼仪方赴美与儿子徐积锴一起生活。

徐善曾是徐志摩唯一的嫡孙，他一直记得祖母对他和

张幼仪与儿子徐积锴

姐姐的关爱和教诲。“她富有同情心，但对我们提出较高的标准，她还是一个聆听者，并善于分享她的看法。”徐善曾说，“祖母对家庭和朋友有一种特殊的情感”。

成年后的徐善曾更多地了解到了祖母张幼仪的早年生活。在欧洲，面对徐志摩提出离婚，在远离家庭的巨大压力下，张幼仪带着孩子历经艰辛，但都坚持了下来。“她克服了她人生不同阶段的各种巨大困难，并表现出极大的韧性及勇气。”徐善曾说，“她不但个性坚强，也有远见卓识，这些都是她在事业和生活中取得成功的原因”。

徐善曾也在收集和研究祖父徐志摩的生平事迹，诗歌著作。为此，他还专门从美国到济南去过两次，专程拜谒了徐志摩的遇难地。

在徐志摩罹难后，遗孀陆小曼生活拮据，张幼仪每月按时给陆小曼寄生活费。晚年她请徐志摩的好友梁实秋帮助编辑、策划出版了台湾版的《徐志摩全集》。之后，张幼仪应侄孙女张邦梅之请，将自己的身世讲给侄孙女。张邦梅在哈佛大学主修中国文学，读书时无意中发现她的姑妈是中国浪漫诗人徐志摩的前妻。在与张幼仪几年间的访谈之后，这位侄孙女写出了张幼仪的传记《小脚与西服——张幼仪与徐志摩的家变》的英文版著作。遗憾的是，这部传记张幼仪生前未能看到。1988年1月21日，张幼仪以八十八岁高龄去世，《纽约时报》为此发了专题报道。

6. 元帅自称是学生

在失去了徐志摩之后，陆小曼精神和意志被摧垮，生活更是不能自理，经济上陷入困境，只能不时卖画聊作生活补贴。

上海解放之后，在著名画家钱瘦铁等举办的一次画展上，陆小曼也展出了她的画作。没想到，此展竟改变了她后半生的生活境遇。

当年，陈毅是上海市市长。在陆小曼画展当天，陈毅也来到画展现场祝贺。在陆小曼的画作展示区，他凝视着陆小曼的画，觉得十分清新。有人告诉陈毅说，陆小曼就是徐志摩的夫人。陈毅真挚地说："我曾有幸听过徐志摩先生的讲课，我是他的学生，陆小曼应是我的师母了。"当陈毅得知陆小曼生活艰难的情况后，感慨不已。此后，在陈毅的关心下，陆小曼进入上海中国画院成为一名专业画师。1956年任上海文史馆馆员，1959年任上海市人民政府参事室参事，不仅摆脱了生活困境，而且有了自己的政治地位。

往事如烟，当年事件的主人公都已作古，恩怨是非，早已随风而去，化为乌有。有文字评介说，作为那个时代的名人，徐志摩做到了一个普通知识分子能做的一切，他在追求自身幸福生活的同时，也对民族命运有过深刻的思考。如今还幸存的米粮库胡同，依旧默默地等待着知情者、探访者前来参观拜谒。虽已物是人非，但毕竟胡同的房子和泥瓦及文化之魂都还在呢。

十、丁文江与胡适的兄弟情

丁文江虽然是研究地质科学的，但由于与胡适同属“海归”，又有同为北大同事之雅，以及在“科学与人生观”的论战中，结为“一个战壕里的战友”之故，成为与胡适交往极深、为数不多的益友、挚友。20世纪20年代他与胡适创刊《努力周报》，30年代又创刊《独立评论》，并成为这两本刊物最主要的策划人和撰稿人。

丁文江中年照

《独立评论》创刊以胡适、蒋廷黻、丁文江、傅斯年等为“主谋”策划，且由众人捐款做创刊经费，编辑组稿都是在胡适家完成。在创刊前后的那段时间里，丁文江经常“泡”在胡适家中，频繁出入米粮库胡同。

石原皋撰文说：“三十年代初，他（丁文江）来北京，住在胡适家，是为了找些人种学的资料。他每天测量人脑的容积、脑形等等。我到胡家，他也不放过我的头脑，只好听他摆布了。”石原皋说，丁文江还有个堂弟丁西林，当时是北京大学物理系教授，但却酷爱文学，因此常在丁文江的陪同下来胡适家，向胡适请教文学创作问题。丁西林还发表了独幕喜剧，胡适看了特别高兴，常向朋友推荐。

丁文江出生于江苏泰兴一个书香世家，共有兄弟七个，他是次子。1902年秋（15岁），他东渡日本留学，两年后由日本远渡重洋前往英国。1906年秋，丁文江在剑桥大学、格拉斯哥大学攻读动物学及地质学，1911年获双学士学位。

1913年伊始，丁文江筹划并主持了中国历史上第一次大规模的地质调查，界定了地理学上的“太行山”“燕山”的新定义。在开创地质事业期间，他还发挥了“学术界的政治家”作用。在他的领导下，中国地质学在20世纪20年代就获得了世界声誉，他本人有“中国地质事业的开山大师”之称。2016年5月8日，中国邮政发行了《中国现代科学家（七）》一套四枚的纪念邮票，丁文江位居其一。丁文江被称为中国地质科学事业奠基人之一、中国现代科学事业早期重要组织者之一。

1. 科学化最深的中国人

丁文江于1911年在英国学成归国，到1936年因公殉职，短短二十五年中，就已成为中央研究院总干事。他以科学界领袖级人物的身份，在民国科学界乃至当时的政治社会生活中，足可以称为学术界的政治家。丁文江的巨大成功，除了其杰出的才干，也离不开他对地质科学的热爱、一丝不苟的工作精神以及公而忘私的交友之道。

丁文江做过很多不同的事情，但他的人生观始终如一。胡适常说丁文江是一个欧化最深的中国人，是一个科学化最深的中国人。他生活最有规律：睡眠必须够八小时，起居饮食最讲卫生，在外边饭馆吃饭必用开水洗杯筷；他不喝酒，常用酒来洗筷子；夏天家中吃无外皮的水果，必须先在滚水里浸二十秒钟。他最恨奢侈，但也最重视舒适和休息，每年都要找一个消夏的地方，住一个月以上。他绝对服从医生的劝告：他早年有脚痒病，医生说赤脚最有效，他就终身穿有多孔的皮鞋，且经常赤脚，去比较熟的朋友家就脱去袜子，光脚聊天，自称“赤脚大仙”。他有二十年吸雪茄的历史，医生劝他戒烟，他立刻就彻底戒掉。一次，他到贵州旅行，到一处偏僻的地方病倒了。当地没有西医，丁文江绝对不信中医，必须等到贵阳的西医医生到了才肯吃药。他从小不喜欢吃海味，所以他从不吃鱼翅、鲍鱼、海参。胡适曾问他："这有什么科学的依据？"他答不出来，但始终不破戒。

傅斯年这样评价丁文江："他对于好朋友之态度，恰如他对于他的家人、妻与兄弟，即是凡朋友的事，他都操心着并且操心到极紧张极细微的地步，有时比朋友自己操心还要多。"除了生活上的谨慎、刻板，丁文江还有自己的行为逻辑，他终身不肯拿政府干薪，终身不肯因私事旅行而假公济私。但是他并不是一个苦行僧。比如，有机会坐头等舱，他不坐二等舱；有安稳的地方睡觉，他绝不住喧嚣的旅馆。但这些考量和原则，并没有影响或阻止他前往云南偏远山区考察地质，一年中总有半年在荒野中工作和生活。

据说一旦与丁文江成为朋友后，他就会不自觉地以监护人自居，对于同辈俨然老大哥。因此，朋友们都亲切地称他为"丁大哥"。

2. 胡适最"亲爱"的人

1920年，北大教授陶孟和介绍丁文江与胡适认识。由于都有英美留学的经历及相似的思想教育背景，丁文江与胡适很快成为"情投意合"的好朋友。

有人说，丁与胡二人是酒友，这可就大错特错了。

因为生活中的丁文江滴酒不沾，而胡适则是平生爱小酌几杯的“酒徒”。早年在中国公学读书时，胡适由于少年理想受冲击，以及家事败坏，长兄闹分家，赡养慈母等烦心事，染上了喝酒嗜好，以致“有时候连日大醉”。随着胡适的声誉日益高涨，其身边很少有人直言劝其戒酒，有些朋友也是碍于面子等，旁敲侧击，点到为止。只有丁文江多次直言规劝胡适少喝酒，最好戒酒。所以，胡适称他为“最可敬爱，最可亲爱的人”。

胡适在《丁文江传记》中写道，丁文江自己从来不喝酒，在酒席上总是用酒来给筷子消毒。两人相交不久，丁几次在饭桌上看到胡适喝酒的场景，就为胡适老弟的身体“操心”。他把胡适劝诫朋友喝酒的新诗《朋友篇》摘录出来，请梁启超题写在扇面上，赠送给胡适，劝其戒酒。其诗句云：

少年恨污俗，反与污俗偶。
自视六尺躯，不值一杯酒。
倘非朋友力，吾醉死已久。
……
清夜每自思，此身非吾有。
一半属父母，一半属朋友。
便即此一念，足鞭策吾后。
……

胡适收到丁文江的赠礼，被其真挚的友情所感动。胡适说：“我很感激他的情意，从此把他看作一个人生很难得的‘益友’。”在丁文江与胡适的通信中，丁也总是忘不掉劝说胡要少喝酒：“劝你不要拼命！一个人的身体不值得为几口黄汤牺牲了的，尤其不值得拿身体来敷衍人！……千万珍重！”

1925年前后，胡适在北平的房子不太好，当时胡适出门在外养病，胡太太江冬秀尚在犹豫中，丁文江就把好房子找妥，并帮江冬秀把新家安顿好。江冬秀事前曾抱怨此房的租金贵了，后来房主每月收她七十元，她才接受。其实房主实际上收八十元，那十元是丁文江私下垫付的。而丁文江这样做，是希望好朋友胡适能有一个安逸的环境专心做学问。

而江冬秀还被蒙在鼓里，她在给胡适的一封信中说：“丁在君由天津来，昨日他打电话来，要同我去看林长民的房子。我看看房子不太合适，嫌太贵，七八十元怎么住得起？他一定劝我租下来，他说你租一幢好房子，适之少在外面住两个月就有了。我想朋友这样热心对我们，我也不好回他不要。丁先生说他打电报告诉你，不要我管，他替我定下来。”江冬秀信中提到的房子位于陟山门街6号，房主林长民就是林徽因的父亲。

3. 人格操守，令人敬仰

民国初年，丁文江从英国留学归来后，到上海南洋中学任教。当时，他的家庭经济条件已经不好，而且其弟丁文渊尚在国外留学，他得担负起赡养父母和教育弟弟的责任，用自己的工资来维持家庭的生活开销，并且按时把钱寄给远在国外的丁文渊。从二十六岁到四十八岁之间，他每年支付给舅舅五百元赡养费；资助一位贫困兄弟三百元（丁文江有一个哥哥，五个弟弟）。

当时的出国留学生，分为官派和自费两种，丁文渊是自费留学的。曹梁厦是丁文江的同学，在中华民国留欧学生监督处任秘书，他得知丁文渊是丁文江的胞弟后就说："照你的学历，你可以申请官费。现在教育部和江苏省的官费都有空额，你不妨写信给文江，要他设法给你办官费。他和留学生监督沈步洲、教育部次长袁希涛、高等教育司司长秦汾都是老朋友，你又具备资格，你申请一定会被核准的。"丁文渊听曹梁厦这么一说，认为这是合情合理的事，就提笔给哥哥丁文江写了一封信，请哥哥替自己在教育部周旋一下，托托关系，办个官费，也可省去哥哥的负担。

然而，这一要求却被丁文江严词拒绝了，他在回信中对弟弟说道："照你的学历和我们家中的经济状况，当然有资格去申请。不过你应该知道，在中国，比你更聪明、更用功、更贫寒的子弟实在不少，他们没有像你有这样一个哥哥能替他们担负学费……你是否应当细细考虑一番，是不是还想用你的人事关系来占据一个官费名额，我劝你不必为此事费心。”

这就是丁文江的为人处世，宁肯自己负担弟弟的学费支出，也不肯用私人关系来申请官费。丁文江那一代学人，有着严格的道德自律精神，哪怕是好友亲戚，也必须按章办事，不能打破规则。此举看起来似乎有些不近情理，但却让我们看到了大师们身上的人格修养。作为地质学家的丁文江，以其渊博的学识令我们景仰；而其不徇私情、坚持按原则办事的意识，则更是一种令人仰望的人格操守。

4. 众人痛失“老大哥”

1935年底，随着华北形势危急，国民党政府考虑到华北煤源被切断可能带来的严重后果，决定加紧粤汉铁路的建设。在杨杏佛被刺杀后，丁文江此时继任中央研究院总干事。为了保证战时能源的提供，以及为一些内迁学术机关寻找地址，丁文江决定亲自前往湖南考察粤汉铁路沿线一带的煤矿储量和可开采的现状。在察看了湘潭谭家山煤矿后，晚上他吃过安眠药，便关闭门窗休息。结果因房中壁炉使用不当，丁文江不幸煤气中毒去世，年仅四十九岁。

丁文江是个工作狂。为了工作，他与夫人史久元婚前就曾约定，结婚以后不要小孩。有人推测说，因丁夫人身体不好，不能生育。对此丁文江只是笑而不语，并不多做解释。他将胡适给他的外国诗作为座右铭："明天就死又何妨。只拼命做工，就像你永远不会死一样！"结果，他果真死在了工作之中，而且远离故土和亲人。由于工作性质，他很早就在遗嘱中写道："所故之地即为所葬之地。"遵其嘱，丁文江被安葬在湖南岳麓山上。

胡适在得到丁文江过世的消息后，深夜写下《丁在君这个人》长文，赞扬他"是最可敬爱的，最可亲爱的……这样一个朋友，这样一个人，是不会死的。他的工作，他的影响，他的流风遗韵，是永远留在许多后死的朋友的心里的"。

同月，胡适在其编辑的《独立评论》188期上出了"纪念丁文江先生专号"，收入回忆丁文江生平的十八篇文章。胡适一直不忘对故友遗属的安慰和帮助。抗战爆发后，胡适为国难奔赴美国，在给江冬秀的家书中，总不忘问安丁太太。他还托人带了一百美元，送给住在苏州的丁太太。当时美元很值钱，一百美元的数目不算小，何况胡适此时亦常常处于经济困窘中，给妻子带的钱也只有一百之数。胡适所做的这些事，可以说与丁文江当年对胡家"闲事"热心管理的态度"心心相印"。

1955年的冬月里，在异国他乡的美国，胡适放下手头要做的其他文章，集中精力，搜罗资料。他把哥伦比亚大学的全份《独立评论》《科学与人生观》论争的专集，全部借到自己租住的狭小寓所，再结合自己的日记，花了五个月时间，写了一本有十万字的长篇传记，打破了原来计划的二三万字规模。这部后来以《丁文江的传记》为题的传记，以充分保存原料为特色，可以说是胡适《四十自述》之外，又一部值得称道的优秀传记。

十一、胡适最贴心的“徒弟”罗尔纲

20世纪30年代，罗尔纲从上海中国公学毕业，一时没有找到合适的工作。时任上海中国公学校长的胡适对罗尔纲印象颇佳，就留他在家中帮忙。具体的工作，一是辅导胡家两个公子胡祖望、胡思杜的学习，类似于家庭教师；二是整理胡适父亲胡铁花的遗集，校正和整理《聊斋全集》。在前后五年的时间中，罗尔纲得以浏览胡适的大量藏书，并在学术研究上得到了胡适的精心指点，受益匪浅。

1930年，胡适辞任中国公学校长后，于11月28日携家眷从上海迁北平，就任北京大学文学院长。罗尔纲随行北上，一同入住米粮库胡同4号，前后达五年之久。其间，罗尔纲不仅完成了既定的“本职”工作，而且还忙里偷闲做些历史研究课题。罗尔纲情感真挚地说，胡适对他的关怀——生活方面的、学问方面的和为人处世方面的——有如“煦煦春阳”。

1. 师门五年，精心指点学术

在米粮库胡同胡适家工作期间，罗尔纲坚持拒绝薪资，只是免费吃住在胡适家中。为此，胡适曾经在文中写道："我的朋友罗尔纲先生曾在我家里住过几年，帮助我做了许多事，其中最繁重的一件工作是抄写整理我父亲铁花先生的遗著。他绝对不肯收受报酬，每年还从他家中寄钱来供给他零用。他是我的助手，又是孩子们的家庭教师，但他总觉得他是在我家里做'徒弟'，除吃饭住房之外，不应该再受报酬了。"

或许是为了贴补生活之需，罗尔纲一大部分文稿是急就而成的，目的是换取稿酬。当时，罗尔纲出版了一本

罗尔纲（右）与胡适（中）、傅斯年在米粮库胡同合影

《太平天国史纲》的小书，受到学术界的关注和好评。

2月21日早上，罗尔纲将此书送给胡适看，当时胡适刚从协和医院出来，盖着被躺在床上休息。罗尔纲还嘱咐胡适等身体完全好后再看。结果，罗尔纲中午回家时就看到胡适留的条子，叫他午饭后即去。那天吴晗正好也在，便一同前往。

罗尔纲说："到了胡适家，他已下楼在书房里等候我。他一见我就厉声斥责，说我这部书专表扬太平天国，中国近代自经太平天国之乱，几十年来不曾恢复元气，却没有写，有失史家公正。"胡适非常生气地批评罗尔纲，把太平天国运动写得太好了，没有同时指出这件事对中国历史的负面影响。后来，罗尔纲又写了一篇《清代士大夫好利风气的由来》的文章，也同样遭到了胡适的严厉批评。

胡适说："这种文章是做不得的。这个题目根本就不能成立。" 胡适告诉他："我近年教人，只有一句话：有几分证据说几分话，有一分证据只可说一分话，有三分证据，然后可说三分话。治史者可以做大胆的假设，然而决不可做无证据的概论也。"

罗尔纲回忆说："我当时受了他的责骂，不但没有反感，而且以为自己是有违师教，所以到六年之后，我到桂林去，有一间书店要我写自传，我就写了一本小册子叫作《师门辱教记》（胡适后更名为《师门五年记》）叙述这一件事。”可见，罗也认同胡适的批评有一定道理。更值得注意的是，白天胡适对罗是“盛怒下责斥”，晚上写日记却温和委婉了，只说“做书不可以学时髦”。

2. 《师门五年记》感念恩师

虽然胡适在做学问上对罗尔纲近乎苛刻，甚至有些不近人情，但在生活细节上却精心呵护，细心体恤。在《师门五年记》中，罗尔纲写道：“我在师家不过是一个抄写人员，地位十分低微，而师家却常常是名流满座，在那种场合下，我这个既敏感又褊狭的人，不免会起自卑感，适之师却早为我顾到这点，每逢我遇到他的客人时，他把我介绍后，随口便把我夸奖一两句，使客人不致太忽略这个无名无位的青年人，我也不至于太自愧渺小。有时遇到师家有特别的宴会，他便预先通知他的堂弟胡成之先生到了他家宴客那天把我请去做客，叫我高高兴兴的也做一天客。适之师爱护一个青年人的自尊心，不让他发生变态的心理，竟体贴到了这个地步，叫我一想起就感激到流起热泪来。”

罗尔纲于“1945年在四川李庄镇把《师门五年记》修改后，寄到重庆独立出版社卢吉忱（又名逮曾）重印，卢先生要适之师写篇序。适之师于1948年8月3日才在北平写的，他抄了一份寄到南京给我，在信中说我这本小小的书给他的光荣比他得到三十五个名誉博士学位还要光荣。那时我就觉得适之师这句话说得太重了，但后来事实表明他的话是真实的”。胡适在序中高度赞扬罗尔纲治学“谨慎勤敏”和“不苟且的美德”，认定他“将来一定会有成就”。罗尔纲则说，“适之师以‘不苟且’三个字教我，使我终生感戴，受用不尽”。

1958年12月7日，时任台湾“中央研究院”院长的胡适，把罗尔纲六十年前写的《师门五年记》自费付印，不作卖品，只为赠送朋友之用。17日，台湾“中央大学”纪念北京大学成立六十周年校庆纪念日和祝贺胡适六十八岁生日，举行聚餐会，胡适给拜寿人梅贻琦、黄建中、朱家骅、王世杰、罗家伦、陈大齐等人赠送《师门五年记》。他在去世前还把这本书送给吴大猷、吴健雄、袁家骝、刘

太平天国史研究专家罗尔纲

大中四位院士。

在台北参加北大六十周年校庆和胡适六十八岁生日的校友金承艺看到《师门五年记》一书后说：“我得承认这本小书使我很受感动。如果这本书，仅仅是罗尔纲自己与胡适之先生相处五年，对师恩称颂的报导，那我认为它就不会很感动人了。我所以受这本书感动，是因为这本小书中有从来没有人这样坦白详细地描写他做学问的经验，……他不单是介绍出一位对学生态度如煦春阳，而对学生求学问的态度却又要求一丝不苟，一点也不马虎的先生，并且叙述出一个极难得的虚心、笃实肯接受教训的学生。做学问而一点不苟且，永远说实话，这大概在任何时代都是可遇而不可求的事。可是在这本书里，有一个不苟且，说实话的学生，这不能不使人感动了。”

3. 倾心研究“太平天国史”

国家图书馆收藏部赵洁敏在回忆罗尔纲时说道：“罗老1937年出版的《太平天国史纲》，是最早全面系统地介绍太平天国运动的专著，揭示了太平天国的革命性质，被称之为‘最好的一部概论性著作’。并为他以后研究著述太平天国史打下了牢固的基础。”

《太平天国史》历时四十年，五易其稿，于1991年出版，科学地论述了太平天国的成败兴衰，这不仅是他倾尽毕生心血的结晶，也是太平天国史研究领域里的一座丰碑。著作中通过大量的史迹调查、文物挖掘和资料搜集，整理和编纂的太平天国资料达三千万余字。《太平天国史》的出版正是罗尔纲治学严谨、辨伪求真的成果，这部具有珍贵价值的专著手稿被收藏在国家图书馆。

当时国家图书馆与罗尔纲的女儿罗文起联系商定后，于1997年12月将罗尔纲《太平天国史》手稿捐献给国家图书馆收藏。赵洁敏看着罗尔纲教授装订成册、字迹工整的文稿，内心极其震撼和感慨地说：罗老的一生，真是学问至上、淡泊名利。耄耋之年仍笔耕不辍，直到最后病重住进医院，依然相信能够控制病情，继续工作。

罗尔纲在回答“你是怎样走上研究太平天国史的路子”时说：“说来话长，我得先说我母亲。她青年守寡，生活困难，要给缝衣店缝衣帮补生活，她买价钱便宜的乱丝乱线，要解开才能用，教我学她那样把一个个的结子解开，一条条的丝线理清。解乱丝乱线必须十分忍耐，十分小心，否则就会越解越紧，越理越乱的。她要我帮她做这件工作，把我锻炼成了忍耐、小心、不苟且的好习惯。”

罗尔纲的母亲不认识字，她把自己儿时从母亲听来的故事讲给儿子听。罗尔纲百听不厌，总是追问母亲：“山熊奶奶怎样会变人啊？”“羊公公为什么给狼吃掉呢？”“仙女在哪啦？为什么我没有见过呢？”诸如此类的问题。母亲总是说：“又追根问底了！”但她总是极尽所能来回答她的孩子，培养了罗尔纲“打破砂锅问到底”的习惯。二十年后，罗尔纲才知道这正是乾嘉学派治学的好态度。

罗尔纲说，他研究太平天国史，主要是辨伪、考信的工作。做这种工作，必须忍耐、小心、一丝不苟，必须“打破砂锅问到底”。这些习惯，应该说是他一生工作的基本功。

4. “师徒”隔海相望

罗尔纲的长子罗嘉骥回忆说，1934年他随父母来到北平，当时胡适住在地安门米粮库胡同4号，中午是隔壁的傅斯年设宴招待胡适。胡适和夫人江冬秀都喊傅斯年“大炮”，罗嘉骥不解地问母亲为何叫“大炮”，又问有人叫父亲“大炮”吗？

罗尔纲在书房听到后着急地说：“没有，大炮打准了，还不错，打偏了，就成了放空炮，我是说到做到的人，既不是大炮，更不是空炮！”母亲说，人家都叫你父亲“机关枪”，父亲解释说，那是学生说我讲话快，教课内容多，并无恶意。

罗尔纲在《师门五年记》中讲述这样一件事：1935年2月胡适代我接妻儿来北平，妻子陈婉芬特意在家乡买了礼物送给江冬秀师母。在来北平的路上，由于陈婉芬要照料两个孩子，胡适便主动帮着她提着行李，并不认为这样低亏了自己的身份。

新中国成立后，由于罗尔纲与胡适的“师徒”关系，“胡适”其名一直沉重地压在他的心头，即使把他同胡适的通信、相片以及《师门五年记》统统烧掉，也隐隐感到还是生活在胡适的标签之下。作为胡适的学生，工作中的助手以及孩子的家庭教师，罗尔纲是“在劫难逃”的靶子。所以，在批胡适的运动开始后，报纸上刊载过一份“被责令应该检讨交代的九人名单中，罗尔纲其名名列首位”。

1955年1月初，批判胡适刚开始，罗尔纲就应《光明日报》之约，写了《两个人生》一文，检讨自己被胡适牵着鼻子走，如行尸走肉，整天钻在烦琐考证的故纸堆里，不知身外之物，到了新中国成立后才得新生，走到群众中去，改造世界观，为人民服务等。

口述历史学者唐德刚在《胡适杂忆》中谈到胡适对罗尔纲的看法，说胡适从乱书堆中翻出《师门五年记》给他看，并不认为自己的学生罗尔纲会真心批判他的思想。唐德刚当时回答说：“说不定罗尔纲的思想真正搞通了呢？”胡适立即断言：“胡说！胡说！”唐德刚写道：“胡先生直是摇头”，还补充一句：“不可能，不可能！”

其实，罗尔纲在当时的政治环境下，已经尽其所能

罗尔纲与妻子新婚合影

了。虽然他也会发泄自己内心的不满，但更多时候却是妥协。1975年，全国上下展开对《水浒传》这部古典名著的大批判，罗尔纲大摇其头，连声说："四大名著之一被否定了，毁了。"

当年，已经七十五岁的罗尔纲一再嘟囔说："不行，我要马上写文章，考证原本仅有七十回，要为《水浒传》这部农民起义的小说正名。"为此，家人一再苦苦劝阻，这文章千万不能写，写了就是自己往枪口上撞。罗尔纲说我只是考证版本有多少回，不谈小说的性质。家人说这也不行，任何人一看就知道这是唱对台戏。后来罗尔纲答应家人不写反驳文章了，但每天都要看报纸上批判《水浒传》的文章，气鼓鼓的，精神十分低落。

就在这一年，他收到出席1975年国庆招待会的邀请。当时，谁能有幸出席这样的招待会且名字见报就表示政治上“解放”了，子女的工作和生活境况也会随之改善。所以，全家人力主他参加招待会。但罗尔纲执意以身体不适告假，其内心的抵触情绪明显与当时“批水浒运动”有关。也就是在这时候，罗尔纲开始支撑着年老羸弱之身，着手收集研究《水浒传》的资料，多年后终于出版了研究水浒的著作《水浒传原本和著者研究》。当这部书稿杀青时，老人长长舒了一口气，十分高兴地说：“我总算在有生之年，完成了在李庄许下的心愿！”

自1948年胡适离开中国大陆之后，胡适与罗尔纲再也无缘相见。在胡适去世前的一次宴请上，胡适还拿着《师门五年记》送给朋友。在1962年和1997年，“师徒”二人在海峡两岸先后离世，令人不禁感到些许凄凉。

十二、石原皋的“神秘”身份

虽说罗尔纲在胡适家吃住五年，但他既是胡适的学生和助手，又是胡家孩子的家庭教师，因此，师生间相处，分寸火候，要拿捏得恰到准确。而当年经常出入胡适家的石原皋，却与胡家的关系非同一般。他既不是胡适的学生，也不是“用人”，而是江冬秀家的远房亲戚。

石原皋在北京大学学习与工作期间，是胡家的常客。出入自由，常来常往，说话随便，江冬秀就直呼其“石头”，还在家中给他过三十岁生日。胡适家迎来送往的客人，凡是石原皋不认识的，都直言询问江冬秀。

正是在胡适家这些年，使石原皋开阔了眼界。石原皋与常到胡家的许多名人都有所接触，其中包括陈独秀、陶行知、杨杏佛、刘半农、江绍原、刘文典、翁文灏、徐悲鸿、蒋梦麟、丁西林、徐志摩、罗尔纲、陈衡哲、傅斯年、陈垣、汪孟邹等。这不仅使石原皋有了“胜读十年书”之感，而且在多年以后撰写《闲话胡适》时，许多素材和事例信手拈来，真实可信。

石原皋在胡适家曾见过“京城名妓”小阿凤。当时，小阿凤已是王克敏的姨太太，她是跟随王克敏到胡家去的。小阿凤的艳而不妖、媚而不俗给石原皋留下深刻的印象。直到晚年，他还多次谈到，小阿凤是他生平见到的最漂亮的女人之一。

石原皋是安徽徽州绩溪县上庄镇石家村人，1905年1月24日出生。石家世操药业，旌德、泾县、芜湖等地都有他家开设的中药铺。他家在芜湖的中药铺名为“满江春”。1920年，石原皋离开家乡来到芜湖萃文中学和省立第五中学读书。因省立第五中学的校长刘希平和教师大多是进步人士，石大受其影响。1924年石原皋考入北京大学预科，1926年升入北京大学本科，1931年毕业于北京大学生物系并进入国立北平研究院生理学研究所工作。

在北平研究院工作期间，石原皋与胡适家来往密切，胡适的夫人江冬秀，无论当面或背后，都亲切地称他“石

晚年的石原皋夫妇

头”。石头平实得能砌墙垫路，也能瑰奇得使米芾下拜。江冬秀把石原皋叫作“石头”，还因为他个性倔强，犟起来，九头牛也扳他不动。石原皋的一生，的确是既平实又瑰奇的一生。他从一个小康人家的少爷，成为一个医药科学家，又成为一个“神出鬼没”的党的地下工作者，晚年又倾心历史学研究。

石原皋在《闲话胡适》一书中是这样描写的：“三十岁我在北平研究院工作。我的家眷还在家乡，单身在外，江冬秀要代我做生日，我不得已，就在她家请了两桌客。……那天是吃徽州锅，江冬秀亲自下厨房照应，除了徽州锅外，还有一个大砂锅。内容物是三斤重一只大母鸡，三四斤重一只蹄髈，三十六个鸡蛋，微火清炖。这是我们家乡出嫁的女儿，每逢双亲的整十寿日，如五十、六十岁生日，送一只炖好的上述大砂锅，祝双亲的寿辰。”这次生日宴，大家吃得兴高采烈，就连胡适也高兴地劝石原皋吃大块肉。石原皋说，这顿饭自己只花了十几块菜钱，其余都是胡家为他准备的。

俗话说，人各有志，路是自己走出来的。1935年秋，石原皋赴德国留学，入柏林大学，后获生物学博士学位。在德国留学期间，他与乔冠华等一起加入中共领导的“旅德学生抗日联合会”。1942年，他创办“仙鹤草素药厂”，之后携带药品到新四军七师参加革命。曾希圣还派其到上海创办安源公司，为新四军根据地采购军用物资。

1948年1月，因叛徒供出他是新四军在上海的经济负责人，石原皋被捕入狱。虽经敌人严刑拷打，他却坚贞不屈，后经党组织多方设法沟通，并由胡适出面营救而出狱。为了营救石原皋，胡适四处托人却到处碰壁。胡适对此怨声载道，但迫于江冬秀的压力，只得忍气吞声。

之后，石原皋参与策反了国民党县长谢汝昌，芜湖和平解放。他还参与策反了“安东”舰起义，掩护解放大军顺利渡江。同时他也是大陆研究胡适的第一人，早在1979年他就着手收集资料，研究撰写有关胡适的文字。

1980年石原皋避暑黄山，饱览胜景之余，写了一篇《我所知道的胡适》，准备在《安徽文史资料选辑》上发表，后因故作罢。之后，《艺谭》编辑部的编辑约他再写，他用了一年的时间，写成《闲话胡适》初稿，在1981—1984年的《艺谭》季刊上连续刊登，共计四十余篇，在读者中反响很大。或说这是为胡适“贴金”的，或说这是为胡适“抹黑”的。无论如何，这也推动了对于胡适的研究。

1985年，安徽人民出版社出版了《闲话胡适》，这是对石原皋多年来对胡适研究的肯定，也是改革开放以来，大陆出版的第一部研究胡适的专著。1987年，时任国家出版局副局长王子野在《胡适研究丛录》的序言中指出：“如果生活在20年代的中国，你向任何一个有知识的年轻人提问：你最钦佩的人是谁？他们都会毫不犹豫地回答：胡适和陈独秀。”

晚年的石原皋，曾经多次对朋友说，如果身体容许，他想将胡适与陈独秀的交往写出来。只可惜，1987年，石原皋因病去世，将他所耳闻目睹的陈独秀与胡适间交往的故事统统带“走”了。

十三、不得不说的江冬秀

江冬秀是胡适的夫人，关于他们夫妻二人之间的“幸福生活”，坊间有各式各样的传说和段子。但无论怎样的言语与恶搞，事实上江冬秀自婚后跟着胡适南来北往，国内国外，夫妻二人始终不离不弃，生死相依，直至白头偕老。

同样是小脚太太，江冬秀的命运迥然不同。唐德刚曾评价江冬秀是传统中国社会中最后一位“福人”。当年，留学归来的洋学生纷纷抛弃自己的小脚太太时，胡适坚持履行婚约的行为，在老派文人看来，是很值得敬佩和尊重的；但在新派者眼中却有些疑惑和不解，好像他不抛弃小脚女人，就与新文化运动领导者的身份不相符。其实，这正是江冬秀用聪明和智慧换来的。她用“软硬兼施”等种种手段，捍卫了自己作为妻子的地位和名分，用“夫唱妇随”的实际行动博得了夫君的爱心。在人们羡慕和嫉妒的同时，也要细心体会和揣摩江冬秀的内心世界，做个有“心计”的女人并不容易，而懂得“舍得”更是十分重要。

江冬秀出身于仕宦之家，但由于受到封建礼教的束缚，没有受过较多的文化教育，仅仅是读了几年私塾，粗通文字而已。在辛亥革命后的中国社会里，她只不过是一个普通的女性，但她又是一代名人胡适的夫人，所以她又是千百万不幸妇女中的幸运者。

1. 结识胡适，文明结婚

江冬秀与胡适的结合，有着一段戏剧性的情节。他们两家原是亲戚，胡适的姑婆是江冬秀的舅母。有一次，江冬秀的母亲到绩溪旺川胡适的姑婆家走亲戚，恰巧胡适也随母到了姑婆家。江母看中胡适眉清目秀，聪明伶俐，表

新婚后的江冬秀与胡适

示要把女儿冬秀许配给他。于是，当时只有十四岁的胡适与十五岁的江冬秀的终身大事，就这样在家母之命、媒妁之言下定了下来。

婚约之后，胡适就先后去上海和美国求学。一晃十多年过去却还未成婚。于是，在家乡就有人传出闲话，说胡适在美国有了女朋友；还有人说，他已经和外国洋姑娘结婚了，甚至说他已经生了孩子。但是江冬秀不但没有因此动摇，而且还放了缠足，并写信告诉胡适。胡适赞赏并鼓励她，在胡适看来，未婚妻是在努力改进和提升自己。

1917年夏，胡适留学回国后，受聘于北京大学。在返乡探望老母时，与家人商定于1917年寒假结婚。在结婚仪式上，他们破除了旧式礼节，改变了传统的结婚程序。新郎新娘在结婚证书上互相用印，双方交换结婚戒指，证婚人和新郎先后讲话。更为大胆突破的是，夫妻没有拜天地，传统中向长辈行大礼和新婚夫妇的交拜礼，都以鞠躬代替。这样别出心裁的文明婚礼，当时在古老闭塞的山村，绝对是打破了传统，令人耳目一新。

婚后，为了照顾胡适的母亲，江冬秀并没有马上随胡适来北京。这使得胡适感觉格外寂寞，他十分思念新婚妻子，甚至抛掉了一贯的孝道，无视江冬秀需要在家照顾生病母亲的重任，写信催江冬秀快点到北京来陪他。胡适的母亲表示反对，结果他“要挟”说若不让江冬秀来北京，暑假他就不回去了。

1918年6月，江冬秀在胡适的期盼中来到了北京。不久，江冬秀怀孕。胡适在家信中屡屡向母亲描述自家媳妇儿头晕、呕吐等症状，最后说江冬秀是“病”了。在北京的三年间，胡适与江冬秀夫妻连续生了三个孩子。而江冬秀来到胡适身边后，喜欢熬夜的胡适也不得不改变作息习惯，并开始有规律地生活，还半甜蜜、半埋怨地写信向母亲抱怨：“自冬秀来了以后，不曾有一夜在半夜后就寝。冬秀说她奉了母命，不许我晏睡。我要坐迟了，她就像一个蚊虫来缠着我，讨厌得很！”

在两人的甜蜜生活持续了几年后，与世界上大多数婚姻家庭一样，接下来便是为鸡毛蒜皮的小事吵吵闹闹。江冬秀虽然是一个受封建旧礼教毒害较深的小脚女人，但颇有魄力，有才干，遇事能决断，具有男子汉气概。这个平日爱笑的女人性子烈，脾气暴，堪称今日的“女汉子”，为维护自己的婚姻和家庭，不惜表现出“母老虎”的悍妇形象。事实上，在更多时候，更多场合，她绝对是胡适的贤妻；这就是她“软硬兼施”的聪明过人之处。

北大教授梁宗岱成名之后，要同他的妻子何瑞琼离婚，梁妻忠厚懦弱，无力抗拒。此刻，江冬秀闻之挺身而出，替姊妹打抱不平。江冬秀将梁妻接到自己家中，管吃管住，并为她助威壮胆。最后闹到法院打官司，江冬秀亲自到法庭代为辩护，结果使梁宗岱败诉。

江冬秀此举，既是为同乡姊妹“助威”，也有些在

“关公面前耍大刀”的味道。一个从偏远农村来的女人，在法庭上能辩论出什么？但就是凭借着她的这股子勇气、正直和同情心，令身边的胡适及那些蠢蠢欲动朝思暮想者，见此状也会悄然地鸣金收兵了。

2. “夫唱妇随”为上策

江冬秀从小生长在农村，对社会认识单纯浅薄。她总是劝胡适不要走上政治道路，不要做官，希望他在家专心研究学问。但胡适还是违背了妻子的劝告，涉足于政界，做了“过河卒子”。鉴于当时中国内外交困的现状，胡适也有为国家尽心尽力做点事情的愿望。

1938年，蒋介石两次电报给胡适，要他出任美国大使，胡适不能简单回绝了事，只好勉应其命。他写信给冬秀，想让她对此有心理准备。胡适在信中说：“我在这（此时在欧美讲学）十几天，遇见了一件‘逼上梁山’的事（即指蒋要他出任美国大使的事），我知道你听了一定很不高兴，我心里也觉得对不住你。”

胡适知道江冬秀始终不赞成他搞政治，一个多月后，胡适再度写信给江冬秀，谈及此事，他说：“我二十一年做自由的人（胡适留学归国时曾发下一愿：二十年不谈政治，二十年不入政界。这时两者均未实现，所以说二十一年），不做政府的官，何等自由？但现在国家到这地步，调兵调到我，拉夫拉到我，我没有法子逃。所以不得不去做一年半年的大使。我声明做到战事完结为止。战事一了，我就回来仍旧教我的书。”江冬秀与胡适远隔重洋，虽不情愿，却也无可奈何！

胡适为了表示对妻子的尊重，又写信给江冬秀说：“现在我出来做事，心里常常感觉惭愧，对不住你。你总劝我不要走上政治路上去，这是你在帮助我。若是不明大体的女人，一定巴望男人做大官。你跟我二十年，从不作这样想……我感到愧对老妻，这是真心话。”

江冬秀是个聪明的女人，她知道胡适的性格、脾气和秉性。特别是胡适在社会上的身份和地位，他必须以正面形象和姿态出现在公众面前。这点，江冬秀永远是投其所好，处处配合的。

从胡适写给江冬秀的信中不难看出，妻子在胡适心中的位置。实际上，在几十年的婚姻生活中，胡适已经逐渐离不开江冬秀。而江冬秀的聪明之处就在于，她知道在婚姻中自己该做什么，如何在平淡的婚姻生活中生发出“爱”，以此真正拢住丈夫的心，她给胡适的信中就写道：“望你多保重身体，就是顶爱我的一件事了。”

胡适在美国当大使期间，有一天穿上江冬秀寄来的衣服，发现口袋里竟装着七副象牙耳挖，于是胡适写信说：“只有冬秀才会想到这些。”又一次，江冬秀在胡适的领带下端缝制了一个小拉链，内中藏一张五元的美钞。她为丈夫考虑得十分周到，万一钱包被人抢了，还有这五元钱可以搭一辆计程车平安回到公寓。

1931年，胡适的好友贺麟撰文说：“他（胡适）日常生活随便，不拘小节，夫人江冬秀好客，因此我们常到他们家串门，闲谈、打麻将并吃饭。他回家碰上我们玩牌时也不说什么，有时还坐下来打上一圈两圈的。”江冬秀除了为胡适的生活服务以外，经常以打牌消遣日子。她在麻将桌上赢来的钱，也是胡家的经常收入之一。

后来，胡适在台湾任“中央研究院”院长时，胡太太经常邀朋友来家打牌，胡适也从不干预，有时三缺一时，她还要胡适来凑一角。身为院长的胡适，为了维护前院长（蔡元培）规定不准在公房打牌的好传统，曾对他的秘书说：请帮我买所房子给我太太住，因为太太打麻将的朋友多，在公房打牌不方便。

江冬秀平时除了打牌，也爱看武侠小说。唐德刚说：“胡太太找不到‘搭子’，就读武侠小说。金庸著作，胡太太如数家珍。金庸的小说，在胡家的书架上，竟亦旎旎然与戴东原、崔碧诸公（的著作）揖让进退焉！”

抗战期间，胡适在美国做大使，江冬秀与儿子在国内的生活极为困窘。某日胡适寄来一千六百块钱，江冬秀马上分给同样艰难的亲友，送罗尔纲一百五十元，吴晗一百元，借给毛子水一百元，又给仆人发了一百四十元的工资，借给同乡几百。这些倒也罢了，她居然又捐献给某学

江冬秀与三个孩子，其中二女胡素斐幼年因病不幸夭折

堂两百。如此义举，她当然要向胡适汇报。

胡适写信表扬她说："我很赞成你捐二百元给周先生的学堂。我到欧洲之后，也还要设法寄点钱捐给他。你在患难中还能记得家中贫苦的人们，还能寄钱给他们，真是难得。我十分感激。你在这种地方，真不愧是你母亲的女儿，不愧是我母亲的媳妇。"这就是江冬秀的聪明过人之处，她知道自己的丈夫喜欢什么。

平日里，江冬秀和善大度又不乏幽默。一次叶公超教授到胡适家来，进门就问胡适在哪里。江冬秀回答说，和死人在一起。叶公超不解。江冬秀解释说："适之住的房子，活人住得少，死人住得多。"她的意思是指胡适家的书架占地多，且多是历史人物的书。

3. 女人的心思你不懂

江冬秀为人仗义，只要是胡适的朋友，她多是“爱”你没商量。胡适在家里请客吃饭，江冬秀忙里忙外，送上人人赞美的“徽州一品锅”。唐德刚说，胡师母所烧的安徽菜，同她的麻将技术一样精湛。江冬秀看到罗尔纲初到北方衣着单薄，便找出胡适的衣服送给他。就连吴晗出远门来找她借钱，也豪爽告之：“这钱是我给你的，不用还了！”但这样一位口碑俱佳的女人，却也时常对胡适要好的朋友耍小性子，这令胡适有时也感到很没面子。

1931年元月，徐志摩就任北京大学教授，理所当然地住在了胡适家中。开始还相安无事，不久，江冬秀便对徐志摩十分恼火。不为别的，只因他吃着碗里的还看着锅里的，她说：这样的花心大萝卜，要是带坏了我们家的胡适却如何是好？

陆小曼是个漂亮而有才华的女人，她与丈夫王庚离婚，还嫁给了同样离婚的徐志摩，这在江冬秀眼中，简直就是一对“恶魔”。她隐隐感觉到，这些文人墨客都是些花花肠子。江冬秀认为，跟好学好，跟坏学坏，胡适跟着徐志摩，她就是不放心。为此，她整天让胡适把徐志摩赶走，不让他在家里住。胡适只得费尽心机，好言相劝，堆满笑脸。结果，好日子没几天，棘手的事情又来了。

时任北大校长蒋梦麟是胡适在美国读书时的同门师兄，两人本来就是同窗，还在同一个大学分别任职校长和教授。因此，蒋梦麟遭遇婚外情，胡适面对校长“出轨”也只能装聋作哑。而对于此事的来龙去脉，江冬秀却是一清二楚。蒋梦麟与发妻离婚后，欲娶北大同事高仁山的遗孀。于是乎，人们对蒋梦麟的做法颇有微词。蒋梦麟本人也对这桩婚姻压力很大，毕竟是一校之长，所以他非常需要胡适主持他的婚礼，为他撑台面，以平息社会舆论。胡适对此自然是满口答应。

蒋梦麟婚礼日，胡适衣冠楚楚准备出门，却发现原本放在书架上的请柬不见了。此刻，江冬秀坐在一旁一语不发。胡适心想：反正我记得那家酒楼，不用请柬直接去就是了。正要出门，江冬秀满脸不悦地堵在门口，质问胡适要去哪里。胡回答说：你这是明知故问，我要去参加蒋校长的婚礼啊！江冬秀怒斥：“什么狗屁校长？一嘴巴仁义道德，满肚子男盗女娼！离了原配讨新欢，你还有脸去喝酒！”纠缠过后，江冬秀横坐在门口的长凳上，就是不准胡适出门。胡适无奈地与其对视；最终，江冬秀把门反锁上，自己打麻将去了。可怜巴巴的胡博士，只好越窗而逃。片刻，他又风度翩翩地出现在蒋梦麟的婚礼上。

叶公超教授与胡适是老朋友，一天叶公超等人在胡家闲谈，江冬秀突然当着这些人“开骂”：“你们都会写文章，我不会写文章，有一天我要把你们这些人的真实面目写出来，你们都是两个面目的人。”正骂得痛快时，胡适从楼上走下来说：“你又在乱说了。”江冬秀说：“有人听我乱说我就说。你还不是一天到晚乱说？大家看胡适之怎么样，我是看你一文不值。”

石原皋在《闲话胡适》中写道：“江冬秀到北京后，家中的事情都归她处理。她有魄力，有决断，颇有些治家的才华和男人气概。她深知胡适爱惜名誉，就抓住这个弱点，采取进攻而非退却的战略，遇事不是乞怜，而是大吵大闹，逼得胡适不得不退却。”

在罗尔纲的《师门五年记》中，江冬秀却是温柔、贤惠的母亲形象。书中写道：“我却常常感到，假如适之师夫人是个留学美国的女博士，我断不能在胡家处五年。我感觉到江冬秀师母是个体恤人情的人。我在上海多年都是穿一条卫生裤。随适之师到了北平，这条卫生裤怎能抵得住北方冬寒。她立刻给我缝了一条厚棉裤。我到北平只穿在上海多年穿的外衣，她把适之师穿的皮衣给我穿。适之师看重我是我给他整理他父亲《胡铁花先生遗稿》。江冬秀师母看重我却是我把她的两个儿子胡祖望、胡思杜教得服帖了。”

4. 痛失夫君及爱子

1962年2月24日晚，胡适心脏病复发，在台北南港“中央研究院”蔡元培馆逝世。江冬秀闻讯赶到，伤心至极，痛不欲生。医生给她打了两针大剂量的镇静剂，也未抑制住她那悲痛的情绪。

2月26日中午，她的长子胡祖望闻讯从美国赶回台北，在瞻仰父亲遗容，又行过跪拜礼后，急忙转回家中安慰母亲。母子见面抱头痛哭，胡夫人问：“思杜儿也知道你父亲的死讯吗？”祖望内心一颤，低声说：“他已先于父亲离世了！”胡夫人猛地一愣，简直不相信自己的耳朵，追问一句：“你说什么？”儿子回答说：“我是在美国听

1961年，住院中的胡适和江冬秀

大陆上来的人讲的，我怕你们伤心，一直没敢写信告诉你们。”江冬秀当时猛听这一噩耗，宛如雪上加霜，顿时昏厥过去（其实胡适之子的死讯，胡适早就得知了。他生前不断嘱咐身边的人，千万不要将此告诉江冬秀，怕她身体承受不了）。在场的人都吓坏了，经过一阵抢救，她才慢慢苏醒过来。

唐德刚回忆说，当年胡适住在北平、上海，她有用人可使唤，不必操心家务。住在纽约，胡太太不懂英语，但还得上街买菜，实在是够辛苦的。所以在纽约，江冬秀打起麻将来是夜以继日，胡适不但没有阻止她反而有时也加入作战。这就是他们之间的感情，胡适懂得江冬秀的付出，所以才真心尊重她。

据说江冬秀在解放大军渡江前夕，本想回到江村老家悦心堂居住，但由于胡适执意要她同去美国，她只好随丈夫离家出国。在纽约度过了十年的清淡寓居生活之后，江冬秀于1958年回到台湾，直到1975年去世，享年八十五岁。

十四、米粮库胡同中的常客

20世纪30年代始，由于胡适在米粮库胡同居住的时间比较长，所以出入米粮库胡同的文人墨客不断，其中多为当年社会上的学者、教授及知名人物。这些文化精英以他们多姿多彩的人生，鲜明的气质特征，以及超凡脱俗的人格魅力为这条原本普通的胡同，注入了深邃的文化内涵。除文中介绍的，还有赵元任、梁实秋、俞平伯、闻一多、朱自清、朱光潜、丁玲、林语堂、贺麟、何兹全、顾颉刚等众多文化学者，他们也都因胡适之故，频频出入米粮库胡同……

1. 不羁的北大校长——蒋梦麟

胡适与蒋梦麟为留美期间的同学，同承大师杜威，身在异国他乡，两人的亲密关系不言而喻。1930年冬，蒋梦麟正式担任北大校长后，胡适便辞去上海中国公学校长职务，赴北京大学担任教授，后就任文学院院长。

1886年1月20日，蒋梦麟生于浙江余姚，在科举考试中

蒋梦麟、蔡元培、胡适、李大钊合影（自左至右）

考中秀才。1912年在美国加州大学教育学本科毕业，随后赴纽约哥伦比亚大学研究院，师从杜威，并获得哲学及教育学博士学位。蒋梦麟曾任国民政府第一任教育部长、行政院秘书长，他是北京大学历史上任职时间最长的校长。自1919年代理北大校长之后，直至1946年，共担任校长二十七年；1949年去了台湾。

石原皋在《闲话胡适》中写道："我住在胡适家中时，常见蒋梦麟来找胡，一谈半天，经常留下来吃便饭。我觉得，蒋是一个有深谋远虑的人物。衣着简朴，没有不良的嗜好。言谈谨慎，树敌不多。丧妻后，娶高仁山的遗孀陶曾谷为继室。"

1928年，北大教授高仁山被北洋军阀杀害之后，蒋梦麟同情陶曾谷的凄凉处境，对她呵护有加，照顾备至。不久，蒋梦麟出任国民政府首任教育部部长，陶曾谷成为他的秘书。日久生情，二人坠入爱河，蒋梦麟宣布要同陶曾谷结婚。他说，因为爱高兄，所以更爱他爱过的人，这样才对得起亡友。这一说辞，成为当时知识界的一大笑谈。

据说，蒋梦麟与陶曾谷结婚后，夫妻感情倒是相当和谐，婚姻生活也算美满。不过由于陶曾谷在为人处世上存在一些欠缺，这段婚姻并没有给蒋梦麟带来多少帮助。蒋梦麟的子女后来说，父母离异，自是家庭的不幸，但父亲与母亲在生活和文化上的相差悬殊，父亲的社会地位逐年上升，母亲实难与之相适应，离异终至不免，他们做子女的“同情母亲而谅解父亲”。

其实，胡适与蒋梦麟的“哥们儿”关系，只是人们看到的一个方面。真心协助蒋梦麟将北大办好，为中国教育改革长远之计，以培养“科学之精神”“社会之自觉”为根本目标，方是胡适的目的所在。当时北大面临着最大的困难就是经费拮据，胡适决心为北大筹集办学经费。经过多方接洽，中华教育文化基金会同意出资一百万元，资助北大办学。中华教育文化基金会是20世纪20年代用美国退还的“庚子赔款”建立起的一个文化机构，投资发展中国的科教事业。1931年3月，当时在该基金会兼任秘书的胡适草拟了《北京大学与中华教育文化基金董事会合作研究特款办法》并获得批准。

北京大学有了这笔教育巨款做后盾，也使蒋梦麟拥有了其他高校校长都没有的经济特权，为他中兴北大提供了巨大的经济支持。他从教育部长位置转到北大校长职位，原本就怀有对教育的理想和担当的抱负，如今经济难题解决了，便坦然对三位北大院长说："辞退旧人，我去做；选聘新人，你们去做。"

办学经费解决了，胡适便通过个人的影响和关系，在全国各地为北大物色一流教授。从胡适日记中可以看出，1931年初他到上海出席中华教育文化基金会年会，返程时特意绕道青岛、济南，与许多学者接洽赴北大任教之事。在这次旅行中他先后洽谈的知名学者有：徐志摩（文学）、汪缉斋（心理学）、丁西林（物理学）、李四光（地质学）、周鲠生（法学）、林语堂（文学）、杨振声（文学）、梁实秋（文学）、闻一多（文学）。为了邀请法学教授张慰慈来北大任教，胡适不仅委托在上海的徐志摩等人去当面接洽，自己也多次写信劝说和诚邀。最终，张慰慈被胡适的诚意打动，决定到北大任教。

同为"海归"的蒋梦麟与胡适珠联璧合，向传统势力挑战，自然引起不少争议。蒋梦麟后来回忆说："九一八事变后，北平正在多事之秋，我的'参谋'就是适之（胡适）和孟真（傅斯年）两位。事无大小，都就商于两位。他们两位代表北大请到了好多位国内著名的教授。"在这段时间，一批旧教授离开北大，1934年，国文系教授林损、许之衡被解聘。林损的解聘当时在北大闹得沸沸扬扬，林损写信大骂蒋梦麟和胡适，后来还把此事张扬到媒体，成为北大的一段“公案”。从“教授治校”到“校长治校”，再加上辞旧聘新，打破教授终身制，蒋梦麟当时被一些北大教授批评为“门户之见”，甚至“独裁”。

蒋的新思想还体现在他的婚姻生活中。1958年，陶曾谷在台湾去世后，蒋梦麟很快便萌生了续弦的念头，选择的结婚对象是徐贤乐。当时还不到五十岁的徐贤乐，曾与国民政府驻苏联大使杨杰结婚后离异，在台湾闻人圈中口碑不好。据蒋梦麟的老友、时任台湾“中央研究院”院长胡适转述朋友的话说：“她（徐贤乐）在这十七八年里对待许多男朋友的手法：在谈婚姻之前，先要大款子，先要求全部财产管理权”，结婚后则闹得男家“一文不名，

1961 年在台北，蒋梦麟（右一）与夫人徐贤乐女士（右二）新婚宴尔，好友顾维钧夫妇（左一、左二）前来新居串门

六亲不上门”。由于这种性格，她和前夫杨杰的婚姻仅维持了七个月，杨杰便不得不以大量金钱作代价主动提出了离婚。但当时正处于热恋中的蒋梦麟对此一个字也听不进去。

徐贤乐和蒋梦麟相处一段时间后，便向蒋梦麟开口要二十万元。蒋梦麟只给了八万元，其中六万元是买订婚戒指，两万元用来做衣裳。徐贤乐对此很不满意，经常向社交圈子里的人诉委屈，还详细查明蒋梦麟的全部财产状况，扬言要做个精明的管家婆。

蒋梦麟和徐贤乐欲联姻在整个台湾引发议论，其亲朋好友纷纷表示反对。但蒋梦麟一意孤行，在各种劝阻和非议之下，还是于1961年与徐贤乐结为夫妻；但最终在两年后离婚。1964年，七十八岁的蒋梦麟在台湾病逝。

2. 沈从文的炽热之心

沈从文是湘西凤凰人，家中兄弟姊妹共九个，他排行老四。上学时的沈从文经常逃学，出了家门就直接到村口的土地庙，将书包藏在神座龛子里，和小伙伴们去“认识本人生活以外的生活”。当然，一旦逃学被发现，得到的便是家长的暴打和罚跪。

沈从文十五岁就离开了家，随当地的土著队伍浪迹湘、鄂、川、黔一带。当时湘西十县正由一位名叫陈渠珍的军人统领，陈氏虽是武人却好读书，每天治学与治事的时间大致相等。沈从文负责给他管理书籍、古董和书画，这份工作让沈从文有了充裕的读书和学习时间。后来他在文章中回忆说："由于应用，我同时就学会了许多知识。又由于习染，我成天翻来翻去，把那些旧书大部分也慢慢看懂了。"对知识的渴求和对外面世界的向往，让沈从文感到一阵从未有过的躁动，最后他揣着陈渠珍发的三个月薪资——二十七块大洋来到了陌生的北京。从此，湘西酉水边少了名年轻的士兵，而中国文坛则多了位有灵性的作家。

1922年，沈从文经过了十九天的长途旅行之后，终于出现在北京前门火车站。他"呆头呆脑"地在车站前面站了好一会儿，颇有些"拔剑四顾心茫然"之感。当年，这个典型的"北漂"青年，到了北京都不知道去何处落脚。沈从文说：这时"走来一个拉排子车的，高个子，一看情

青年作家沈从文与妻子张兆和

形知道我是乡巴佬，就告给我可以坐他的排车到我所要到的地方去。我相信了他的建议，把自己那点简单的行李，同一个瘦小的身体，搁到那排车上去，很可笑地让这货运排车把我拖进了北京西河沿一家小客店，在旅客簿上写下——沈从文，二十岁，学生，湖南凤凰县人”。从此，沈从文“便开始进到一个使我永远无从毕业的学校，来学那永远学不尽的人生了”。

两年过去了，沈从文的“北漂”生活并不顺利，考试落榜，投稿被退回，日子实在过不下去。无奈之中，他写信向当时几位有名的作家求救，当时任教于北京大学的郁达夫接到信函，便前往沈从文的住所探望。那天，郁达夫见沈从文的住所太冷，便把自己的淡灰色羊毛围巾送给他，还请沈从文吃了顿饭，吃完饭后，郁达夫拿出五块钱结账，饭钱一共是一块七毛多，找零的数额，郁达夫全部给了沈从文。沈从文拿着钱，回到家中，感激得大哭起来。

事隔半个世纪后，郁达夫的侄女郁风在拜见沈从文时，沈从文依旧对这一块七毛多念念不忘。

之后，沈从文遇到了人生路上的贵人徐志摩，从此生活得到彻底的改变。沈从文与徐志摩的关系，介于弟子与朋友之间。他们既不是同学，也不是同乡，更没有师承，只是在沈从文前程无望时，徐志摩对他坚持不懈的提携。特别是在徐志摩主编的《晨报副刊》上，沈从文出尽了风头，连续不断地发表作品。

1929年，徐志摩又将沈从文推荐给时任上海中国公学校长的胡适。沈从文谈起此事时由衷地表示：“适之先生的最大的尝试并不是他的新诗《尝试集》，他把我这位没有上过大学的无名小卒聘请到大学里来教书，这才是他最大胆的尝试。”

此举极大地改变了沈从文的人生状态，大学教师是人人尊敬的职业，与写稿子赚钱是完全不同的概念。当年，胡适、徐志摩这些“海归”是不徇私情的，胡适心里自然清楚，徐志摩推荐的这位虽然学历不高，但绝非等闲之辈。

沈从文虽然已在文坛崭露头角，但之前却从未教过书，对于上海中国公学的教职，他心里充满了期望和不安。上课前沈从文做了仔细的准备，并专门雇了一辆车子拉他到校，预备的讲义资料也很充分，讲一堂课绰绰有余。所有这一切都给沈从文增添了很大的勇气和底气，当时他已小有名气，同学们也都想一睹这位作家的风采，故来听课的学生极多。

走上讲台，沈从文抬头一望，只见黑压压一片人头，心里蓦然一惊，大脑一片空白，原先想好的话题瞬间无影无踪。一分钟过去了，他一言未发，五分钟过去了，他依然不知从何说起，众目睽睽之下，他竟然呆立了十几分钟。最后好容易开口了，他一面急促地讲述，一面在黑板上抄写提纲，原来预备一小时的内容，十多分钟便匆匆而毕。沈从文再次陷入窘迫，他无助地望了望同学们，拿起粉笔在黑板上写了这样一行字：“我第一次上课，见你们人多，怕了。”

看着沈从文怯怯的模样，听课的学生们哄堂大笑，这位“小先生”虽然怯场，倒是个实诚人。消息传到学校同人那里，被当成笑料：“这样的人也配做先生，居然十几分钟讲不出一句话来！”有人向胡适告状，胡竟一笑了之：“上课讲不出话来，学生不轰他，这就是成功。”

在沈从文第一堂课的学生中，就有后来成为他妻子的张兆和。张兆和聪明可爱，单纯任性，是中国公学最漂亮的校花，沈从文很快便爱上了这位活泼的女弟子。

木讷的沈从文不敢当面向张兆和表白爱情，只是悄悄地给她寄去了一封封文字优美的情书。后来张兆和拿着这些信找校长胡适理论，孰料胡适看了竟然夸奖沈从文写得不错，不但劝她接受沈的爱情，还要亲自做媒：“我和你爸爸是同乡，是不是让我跟你爸爸谈谈你们的……？”张兆和急了，赶紧说：“不要讲。”胡先生很郑重地告诉她：“我知道沈从文很顽固地爱你！”张兆和脱口说道：“我顽固地不爱他！”胡先生笑了，张兆和也被自己的话逗笑了。

功夫不负有心人，沈从文终于赢得了少女的心，后来他在给张兆和的信中这样说：“我行过许多地方的桥，看过许多次数的云，喝过许多种类的酒，却只爱过一个正当最好年龄的人。”他的话道出了多少恋人的心声。或许正

在第四次文代会上的朱光潜与沈从文（右）

是因为有了胡适的牵线搭桥，使得沈从文在内心深处对胡适有了特别的好感。这倒不仅仅是因为聘用了自己走上讲台，也不是因为促成了他与张兆和的爱情，而是因为一个没有高学历的青年，受到了“洋博士”的“恩宠”，从此在事业上走上新台阶。

沈从文从未忘记胡适对自己的恩情，也感激他对年轻人的包容和爱护。在多年以来的岁月里，沈从文一直将胡先生视为自己的良师和益友。而这种感激之情，他从没挂在嘴上，而是深深地埋在心底，流淌在文字作品之中。

沈从文的儿子沈虎雏回忆说：“1932年初，爸爸寒假期间到北平，就住在胡适米粮库家。解放前这两三年，爸爸妈妈去胡适家作客也不止一次。”那时的沈从文已是名作家、大学教授，他总想着要去看看自己的恩师，哪怕只是见面问声好，也一定要去。

1949年后，胡适成为新政权批判的靶子，沈从文也被迫离开了他熟悉的文坛和大学讲堂，徘徊在故宫昏黄的灯影之中。即使在这样的情况下，沈从文在一篇文章中谈及他与胡适的关系："有几个人在我生活上思想上，是有一定程度影响的：例如我的一个兄弟……其次是胡适，他的哲学思想我并不觉得如何高明，政治活动也不怎么知道，所提倡的全盘西化、崇美思想，我更少同感。但是以为二十年来私人有情谊，在工作上曾给过我鼓励，而且当胡也频、丁玲前后被捕时，还到处写介绍信营救，总还是个够得上叫作自由主义者的知识分子，至少比一些贪污狼藉反复无常的职业官僚政客正派一些。"需要说明的是，这些文字写于1956年3月，正是大陆批胡适最为激烈的时节，政治环境极其残酷。有人说沈从文"胆小怕事"，在那个年代敢这样评价胡适的人，你还敢说他胆小吗?

做文学创作的人，心底一定是要干净、透明的，否则不会写出传世之作。沈从文与胡适、徐志摩、胡也频、丁玲等都是文学道路上的朋友，当朋友、同时也是激进的共产党人——青年作家胡也频、丁玲有难时，沈从文两次站出来，通过胡适，试图救助他们。这段历史，在胡适的档案材料中也得到证明。

胡适在1931年1月20日的日记中写道："沈从文来谈甚久。星期六与星期日两日，上海公安局会同公共租界捕房……拿了廿七人，昨日开讯，只有两女子保释了，余廿五人引渡，其中有一人为文学家胡也频。从文很着急，为他奔走设法营救，但我无法援助。”

两年之后，即1933年5月，丁玲被绑架囚禁，沈从文便在胡适主持的《独立评论》第52、53期合刊（6月4日出版）上登出《丁玲女士被捕》一文，公开营救丁玲。在沈从文致胡适的三十五封信中，其中有一封是沈从文请求胡适援救丁玲的。

新中国成立后，沈从文远离文学，将自己的全部精力投入到《中国古代服饰研究》中，为之耗费了后半生的全部心血。第一个试点本出来时，周恩来认可，由康生题签，郭沫若写了序；在经过了“文革”洗礼之后，沈从文再度重拾旧作，重新编撰此书，搜集和整理“文革”中丢失的资料和实物，最终完成了《中国古代服饰研究》这

晚年的沈从文、张兆和夫妇

部浩大的文化工程，使之成为中国乃至世界文化时尚的瑰宝，而被后人称颂。

晚年的沈从文因脑溢血卧病在床，张兆和始终无怨无悔地陪伴在侧，精心照料，让沈从文安然走过了生命的最后一程，在喧嚣的乱世中拥有了温暖与阳光。1988年，沈从文老先生驾鹤西去。

3. “中国的拜伦”梁宗岱

当年在米粮库胡同里，还有一位大名鼎鼎的人物，他就是北京大学法文系主任兼教授梁宗岱。他不仅以通晓四国语言著称，而且还被吴宓称为“中国的拜伦”，但他自己却谦逊地说：“我只有坏脾气这一点像他。”梁宗岱从小就脾气火暴，最爱打抱不平。上学的时候，家长都嘱咐自己的孩子：离那个家伙远一点，免得吃亏。在欧洲留学时，一次在华人餐馆吃饭，一个德国人骂中国人是懦夫，他听了顿时按捺不住，冲上去便打。“文革”中他被造反派欺辱，惹得他怒火丛生，飞起一脚将一个家伙踢出一丈多远。

20世纪30年代，二十多岁的梁宗岱身体像运动员一样，一年四季只穿单衣，冬天连毛衣也很少穿。温源宁教授在一篇描写他的小品文里，说他行路像汽车一般飞跑。有一次学校开会，会议前他临时到几十里外的一个村子去了，大家都以为他不可能回来开会了，结果他不但在开会

青年才俊梁宗岱

前按时赶到，还背回一头村民卖给他的奶牛。他的体力和臂力以及行走速度立刻成为大家的奇谈，而他却认为这事太平常了。

梁宗岱祖籍广东新会，他的童年是在广西百色度过的。1923年，梁宗岱被保送入岭南大学文科，第二年便踏上他向往已久的法兰西土地。在留法期间，结识了法国象征派诗歌大师保尔·瓦雷里，并将其诗作《水仙辞》译成中文，寄回国内刊登在《小说月报》上，使得法国大诗人的精品佳作首次与中国读者见面。

1930年，上海中华书局出版了《水仙辞》的单行本，梁宗岱撰文全面介绍了瓦雷里的生平、人格和艺术。以后，他将陶渊明的《归去来兮辞》《桃花源记》《五柳先生传》等译成法文，并将译作寄给了罗曼·罗兰，请他也欣赏中国古代诗人的作品。此举收到了罗曼·罗兰热情洋溢的回信和赞赏，并将其译作推荐到《欧洲》杂志上，从此以后他们结成真挚的朋友，并保持了多年的通信。

1931年，二十八岁的梁宗岱回到了祖国，由校长蒋梦麟签发聘书，担任法文系主任兼教授。当时身为北大文学院院长的胡适，对于梁宗岱的才华极为赏识。梁宗岱自己也承认，刚进北大时，“胡适之对我很客气，把法文系交给我”。不仅如此，见梁宗岱在北平还没有安身之所，胡适还将米粮库胡同住宅的偏院让给梁宗岱，两人比邻而居。这对于刚刚参加工作的年轻人来说，无异于雪中送炭。

当年，少年得志的梁宗岱家中常常是宾客满门，其中也不乏一些“中国拜伦”的崇拜者。卞之琳、罗念生、罗大纲等，当年都曾是他家的常客。

遗憾的是，好景不常在，老家的发妻何瑞琼不久就找上门来，哭哭啼啼地要个说法。原来她不久前曾收到梁宗岱的信，称“愿以二千元为名誉赔偿费，从此男女婚嫁不相干涉”。于是，何瑞琼便从梁宗岱父亲处借了两百元路费，匆匆来北京找梁宗岱讨说法。

那时节，大学教授离婚已成“时尚”，特别是这些喝过洋墨水的大教授们，更是与父母包办的婚姻说“再见”。何瑞琼来之后，夫妻为离婚每天吵吵闹闹，胡适自然听得一清二楚，妻子江冬秀便出面替何氏撑腰打气。由于梁宗岱平日说话不注意，对胡适的学问多有不恭敬的评价，促使胡适对梁宗岱的印象也有所改变。

梁宗岱曾经说："我不否认胡适在中国近代新文化运动中有他的一份功绩。但他的学问有其浅薄的一面，他在《白话文学史》中对杜甫律诗对仗的批评，不免说外行话，其他如谈古音，谈中国画等，尽是信口乱说……胡适在一定的程度上败坏了我们的学风。"傅斯年听后对梁宗岱说："你很直率，但胡先生怕不会接受你的看法。"果然，胡适听到了这些话，极为不满，说梁是狂人。

以后，胡适找来梁宗岱在岭南大学读书时的国文老师，时任北大历史系主任陈受颐上门劝说，希望梁宗岱能够接受这桩婚姻事实，消除他本人在北大的不良影响，但依旧无果。于是，胡适与陈受颐便站在梁宗岱的对立面，坚决支持他的发妻何瑞琼打官司。江冬秀还亲自在法庭上做证，竭力为何氏辩护，指责梁宗岱抛弃发妻，败坏社会道德。最终，法院判处梁宗岱败诉，双方庭外调解，补偿发妻损失费用之后方予以了结。从此，在北大下学期聘任教授的名单上，少去了梁宗岱的大名。

梁宗岱与胡适闹翻脸之后，他便从胡适家的偏院搬出，暂且到马路对面的慈慧胡同3号与朱光潜做邻居。两人虽为老朋友，却在外表及性格上都差异很大。梁宗岱身体高大健壮，脾气火暴；朱光潜则长得较为矮小瘦弱，脾气温和。如此"鲜明对照"的两个人，平日里形影相随，成为慈慧胡同一道独特的风景。

梁宗岱曾说：“朱光潜先生是我的畏友，可是我们意见永远是分歧的。五六年前在欧洲留学的时候，我们差不多没有一次见面不吵架。去年在北京同寓，吵架的机会更多了：为字句，为文体，为象征主义，为‘直觉即表现’……”翻译家罗念生曾在文章中回忆道：“1935年我和宗岱在北京第二次见面，两人曾就新诗的节奏问题进行过一场辩论，因各不相让竟打了起来，他把我按在地上，我又翻过身来压倒他，终使他动弹不得。”

1934年，梁宗岱在完成了北大聘期后，告别了“畏友”朱光潜，便与恋人沉樱从上海转赴日本，二人同居于叶山，卖文为生。

沉樱曾是戏剧家马彦祥前妻，1930年底离婚后，她到了北京，结识了知识广博、才华横溢的诗人、翻译家梁宗岱。两人一见钟情，从日本回国后，便结为伉俪。此后，沉樱多居家中，偶有所作。1937年，梁宗岱的长女梁思薇出生。抗战爆发后，一家人离开天津，辗转至重庆，梁被迁至重庆北碚的复旦大学聘为教授。1941年，两人的次女梁思清出生。

虽然梁宗岱婚后与沉樱度过了一段幸福美好的生活，并育有一男二女，但万没想到的是，梁宗岱却又为粤剧花旦甘少苏不惜抛妻弃子，再行诗人浪漫之举，舆论哗然。

1944年，梁宗岱在回广西百色老家处理家务时，看了一场粤剧《午夜盗香妃》，对主演甘少苏非常欣赏，托人搭桥，两人互相认识。以后，只要有甘少苏的演出，梁宗岱必到，而且演出后到后台邀请其吃饭。结果，日久生情，甘少苏正式向丈夫钟树辉提出离婚。钟树辉不肯离婚，最终提出若付三万元现金则了断关系。

梁宗岱听了毫不犹豫地拿出三万元，并且说：也好，三万元能买下你的独立自由，也值得。此后，自由身的甘少苏向梁宗岱表明："弄到今天，社会上传得不堪入耳……我的意思是将错就错，我亦不想再过舞台生活，请你为人为到底，送佛送到西……"当时，梁宗岱确实惦记着妻儿老小，处在犹豫不决之中。沉樱在得知这个消息后，愤然带着两个女儿离开了重庆。

人们对于梁宗岱此举均表示惊讶和不解，在外人眼中，梁宗岱和沉樱是很匹配的一对，同是诗人和作家，精通外语和翻译。而甘少苏仅是个只有小学三年级文化水平的戏子，娶其为妻，有违身份。但也有言论说，别说梁宗岱的脾气性格和才华，就是个平庸的男人，也是希望被身边的女人欣赏和喝彩的。那种心理的满足和成就感，则不是他人能体会的。但沉樱曾经说过："我是一个不驯服的太太，决不顺着他！大概这也算山东人的脾气吧。"

在她离开梁宗岱的那年，又为梁宗岱生了个儿子。在以后漫长的岁月里，沉樱依靠教书和写作，历尽艰难，终于将三个儿女抚养成人。沉樱的大女儿梁思薇说她母亲"对父亲一直是又爱又恨”。但几十年过去后，虽干戈已化，却难见玉帛。沉樱对梁宗岱的情感一言难尽，梁宗岱对沉樱却是无奈和难言。梁宗岱一向不谈家事，晚年频向同事提及几个儿女。但与小儿子梁思明终生未见。梁思明曾说：“父亲当年那样对待母亲，我不想见他。”

1982年4月，沉樱从美国回国探访亲友，先后到上海、济南、北京，见到了巴金、赵清阁、田仲济、朱光潜、卞之琳、阳翰笙、罗念生等亲朋好友。犹豫再三，最终还是未与梁宗岱相见。

幸好梁宗岱与甘少苏的婚姻一直持续到老，人们乐于接受的“英雄救美”的传奇有了完美结局。特别是在梁宗岱半百过后，竟把诗歌翻译统统抛在脑后，将精力完全投入到中草药研制上，而甘少苏对此不仅默许，且一直是他身边最忠实的啦啦队员。

为了制药，梁宗岱每月的生活支出不超出一百元，其余都用在制药研发上。大热天躲在不到十平方米的小屋内熬制药品，同时开三个炉子，又买不起风扇……最遗憾的是经过几十年辛劳，梁宗岱制药产品仍然未果。在梁宗岱去世后，甘少苏仍然执着地不愿放弃，四方奔走推广，申请专利。她说，就为梁宗岱自己常常说的那句话：“我制药的影响，将来会比文学影响大。”

梁宗岱的得意门生卢岚曾说：“宗岱师需要的究竟是一个携手共进的人呢，还是一个在旁边为他鼓掌喝彩的人？”甘少苏就是鼓掌喝彩的那个。

甘少苏不懂诗歌，不懂外国语，也不懂中草药，但是她懂得梁宗岱，她从内心深处信服这个男人，对他永远充满崇拜和感激。她曾不厌其烦地介绍梁宗岱的制药之术。说梁宗岱不走中国传统医学“以毒攻毒”的老路，而取“祛邪扶正”之法。他发明的这两种药，尤其是“绿素酊”，和抗生素一样，能消炎杀菌，应付许多突发症，但无副作用，能增强身体的抵抗力和免疫功能。梁宗岱在生命的最后时刻里，都是靠他自己研制的药物延长了他的生命。在梁宗岱卧床不起的余生中，多亏这个小他十二岁的夫人甘少苏精心照顾。她曾多次愧疚地对病床上的梁宗岱说：“如果不是因为自己，你一个家是不会拆散的。”而梁宗岱听了反而安慰她说：这些都不怪你。在与甘少苏生活的日子里，梁宗岱写下了大量献给甘少苏的词。1944年，他把这些词结集，以桂林华胥社的名义石印出版，取名《芦笛风》。

中国社会科学院终身荣誉委员柳鸣九称“梁宗岱是中国翻译史上的丰碑”。他翻译的《莎士比亚十四行诗》，被悉数收入由众多译家注入心血的《莎士比亚全集》，被余光中誉为“莎士比亚十四行诗的最佳翻译”。他翻译的歌德的《浮士德》，虽然只有半部面世，却被海外学者认为是目前《浮士德》译本中最优秀的。

1983年11月6日，梁宗岱在广东去世；沉樱则于1988年

梁宗岱诗集《芦笛风》

4月病逝于美国。

4. “毛三爷”学问了得

1913年，二十一岁的毛子水考入北京大学理学预科，四年后升入本科攻读数学；但他却天生偏爱文史，常以章太炎先生、胡适之先生为宗师，广交文科志同道合之学友。1919年“五四运动”爆发前，毛子水发起创办《新潮》，并发表《国故和科学的精神》一文，成为当时思想启蒙新文化运动的先驱之一。1921年春，毛子水考取赴德国留学的名额，翌年进入柏林大学理科研究所研修数学、物理，继而专攻科学史。回国后，一度兼任北京大学图书馆馆长。

据说在胡适的书房中有一架毛子水的图书，是他出国时存放在胡适家的，多数是外文理科书。能在胡适书房中占有一席之地，其关系可见一斑。

毛子水在北大没有教课，也不整天待在图书馆里办公，闲得无聊，几乎天天都要跑到胡适家来。石原皋回忆说，他秃顶，头上只有少许的头发，好像《三毛流浪记》中的三毛。人们都跟他开玩笑，戏呼他为“毛三爷”，他也毫不介意。他是胡适绝对忠实的信徒，有人说他还经常陪着江冬秀打麻将，甚至逛街买菜。

邓广铭教授回忆说：“当时的北大校刊上登了一篇署名毛准（即毛子水）的文章，是从文字学、音韵学等方面解释《诗经》当中的某一篇。这篇文章深得胡适先生的赞

毛子水（左）与胡适合影

赏，胡先生一打听，才知道作者是一个学生，而且是数学系的学生。这使胡先生感到十分惊诧：北京大学的一个数学系的学生竟能写出这样的文章，北大真当得起是卧虎藏龙之地！”可以想见，胡适对毛子水的喜爱之心。以后，毛子水经常出入胡适家，特别是他从德国留学回国之后，仍然是胡先生家的常客，以至有人把毛子水戏称为“胡宅行走”。

毛子水在北大期间，还与傅斯年、陈寅恪、罗家伦等交往密切，常在陈寅恪家吃饭，晤谈国学。在北大任教八年来，除了与学术界同人研磨国学之外，业余时间大都花在逛书店、书摊上。毛子水曾说：“我在二十世纪三十年代在北大任教授期间，最最痛快的事，就是找古书，买古书，我生平最喜欢北平，原因就在这里。”

多年从事中国现代知识分子研究的智效民说，其实，在胡适的朋友中，毛子水是一个非常重要的人物。早在“五四”时期，他就是胡适的学生，并与罗家伦、傅斯年等人一同创办了《新潮》杂志，成为思想启蒙的先驱者之一；20世纪50年代，胡适在美国立下“遗嘱”，指定毛子水与哈佛大学教授杨联陞为“遗嘱”执行人；1962年胡适在台湾去世后，他又为胡适写了感人至深的墓志铭……

1949年，应时任台湾大学校长的傅斯年之邀，毛子水赴台在台湾大学中国文学系教授国文、《论语》、翻译文学与中国科学史等课程，在台湾大学从教达三十七年之久。

毛子水生于浙江省江山市清漾村，1988年，病逝于台湾，享年九十六岁。1996年，在宁波大学校庆十周年之际，毛子水的夫人张菊英遵照丈夫生前遗愿，克服种种困难，不顾腿疾路途遥远，亲自将变卖家产所得的十二万美元悉数捐赠给宁波大学，设立“毛子水先生清寒优秀奖学金”，并向宁大图书馆赠送《毛子水全集》。

5. 吴晗的短暂人生

吴晗在上海中国公学做学生时，深得校长胡适的赏识，并在学习上得到胡适的指点。如此，使得受宠若惊的吴晗，紧紧跟随胡适从南方至北方。因胡适的助手罗尔纲与吴晗同为校友，此后二人关系火热，形影不离。在当年米粮库胡同胡适的家中，便时常出现吴晗的身影。

吴晗到北平后本想考取北大，却因数学成绩太差而落榜，后又被清华大学录取。在进入清华时，吴晗家境已经败落，为解决他的生活和读书的困境，胡适对这位弟子伸出了援手，随即给清华代理校长翁文灏和教务长张子高写信：“此人家境甚贫，本想半工半读，但他在清华无熟人，恐难急切得一个工读机会。他若没有工作的机会，就不能入学了。我劝他决定入学，并许他代求两兄帮忙。此事倘蒙两兄大力相助，我真感激不尽。”此外，还大力介绍了吴晗的学术水准。要知道，当年胡适的举荐信可谓一言九鼎，通常他也不会随便写“推荐”的。如此，吴晗在清华的学业得以顺利进行。

作为清华学子，吴晗全面师法的却是胡适这位北大先生的治学方法。胡适在给吴晗的信件中，对这位弟子进行了多方面指导：“治明史不是要你做一部新明史，只是要你训练自己做一个能整理明代资料的学者。”吴晗表示：“光耀所及，四面八方都是坦途。”可见胡适对他影响之深。大学读书期间，吴晗写下四十多篇文章，其中《胡惟庸党案考》《〈金瓶梅〉的著作时代及其社会背景》《明代之农民》等文，颇受当时史界名家青睐。

吴晗从清华毕业后，即留校任教讲授明史课。1937年升为讲师后，云南大学即以教授资格发聘书请他南下任教。是否要接受？吴晗同罗尔纲一块儿去见胡适商议此事。胡适以为，到云南大学得到教授资格，将来再回清华也算不错。得到胡适赞允，吴晗方始成行。这些事例很可以说明，当年吴晗与胡适是很亲近的，师恩私谊，交相并存。

抗日战争全面爆发后，吴晗从云南大学转到西南联大任教，因对社会现状日益不满，逐步投入抗日民主运动。以后，吴晗重回母校，思想开始全面左转。在国难当头之时，他对国民政府官员的腐败深恶痛绝。

1943年7月，吴晗加入民盟，胡适的“读书救国”论被他逐渐抛弃。至此，吴晗从一名历史学家变身为社会活动家，在中共党组织的支持下，积极投身各种反蒋活动。言语态度越来越尖锐，对国民政府的批判也越发激烈。自此以后，他再也没写出一部像样的史学论文和著作。

1946年7月17日和18日晚，吴晗两次在张君劢住处见到周恩来，这对他来说更是巨大鼓舞，遂与中共的关系更加密切。

抗战结束后，吴晗回到北平，仍在清华大学任教，并担任民盟北平市支部主任委员，更多时间宣传中共的政治主张。许多知名教授都受其影响，思想渐渐左转，其中受影响最大的是朱自清——一位不问政事的教授，也参加了各种反蒋反美的通电、签名等活动。

吴晗此时已成为中共信赖的朋友，他承担起部分中共地下工作，地下党也在经费上予以一定的支持。他秘密收听解放区的新闻广播，记录以后传抄、油印、散发，扩大中共的影响。由于他活动频繁，引起了国民党当局的注意，上了抓捕名单。经中共地下党安排，他于1948年11月来到河北西柏坡中共中央所在地，先后受到周恩来、毛泽东的接待。

此时，胡适已从美国返回国内，准备就任北大校长。师生二人分别近十年，已是物是人非。吴晗早已不是求学时的吴晗了，他与胡适两人相见话不投机，不欢而散。师生二人在政治上的巨大分歧，已经不可能再续师生情缘。

吴晗后来提及此事时说："联大从昆明搬回北平后，我做胡适工作，可是他顽固不化，我的脚就不再踏上他家的客厅了。”当胡适得知吴晗最终去向后，不由长叹：“吴晗可惜，走错路了。”

北平解放后，吴晗以副军代表身份参与接管北京大学、清华大学，并担任清华大学校务委员会副主任、历史系主任等职务。有评论说，吴晗最终走上革命之路，与他的夫人袁震有关。

当年吴晗在清华大学上学的时候，就开始了自己的婚恋，结识了清华女学长袁震。如果说胡适对吴晗的影响主要是学术上的，那么袁震的影响不仅有学术上的，更有思想上的，她的影响比胡适更为深远和有力。胡适的经年教诲被一场轰轰烈烈的爱情打得落花流水。

袁震在湖北女子师范时乃董必武学生，中共早期党员，因战乱与组织失去联系。考入清华历史系后，因罹患肺结核长期卧床。袁震的老师吴之椿、同学梁方仲先后照料她，后因职业变换，他们又委托已是清华教师的吴晗照料她，一来二去，两人生出几多情愫，变成了情侣。袁震在病榻上与吴晗多有思想交流，她接受了马克思主义的观念，对吴晗所具有的“胡适史观”很不以为然，取笑道：“怎么老是在胡适面前矮三尺呢？”吴晗则答：“我在袁震面前就矮一丈了。”足见他对袁震的倾心。后来吴晗也承认：“袁震对我倾向党、倾向革命、皈依马列主义起了很大作用。”袁震重病在床，又比吴晗年长三岁，这样的恋情自然遭到吴晗家庭的反对。不过，吴晗顶住了各方压力，袁震也病体渐愈，两人终于1939年10月在云南结为夫妇。

罗尔纲回忆说，抗日战争爆发那年，吴晗决定去云南大学教书，要罗尔纲带着他去见胡适的夫人江冬秀借钱，张口就提出要借三百元。问他为何要借这么多，吴晗说要多借二百元，留给袁震在北平用。由此可见，两人的感情确实不一般。

谈到自己最好的朋友吴晗，罗尔纲耳闻目睹，他说，吴晗之所以能成为一个著名明史专家，离不开胡适的尽力栽培。当年吴晗曾向胡适请求免考进入北京大学，因胡适是北大负责人，出于“入学考试是国家选取人才的大典，不得徇私”，被胡适拒绝。但又鼓励他考清华，帮助他勤工俭学。

吴晗与妻子袁震及女儿吴小彦

北平解放后，吴晗参加了北京市的领导工作。有一次，北京市的几位领导为北京市的顺利筹建饮酒庆贺，吴晗由于太兴奋激动大醉而归，第二天还昏昏沉沉。吴晗原来决定这天和袁震商定一篇文章的，结果泡汤了。从这件事上，袁震想到了饮酒误事的问题，于是她提笔给中国人民解放军军事管制委员会主任聂荣臻写了一封信，提出了从吴晗饮酒误事想到其他领导切莫饮酒误事的建议。聂荣臻看后十分高兴，称赞吴晗有位好夫人。

新中国成立后，袁震毅然放弃了可以到大学当教授和到大机关工作的机会，默默地为吴晗整理文章，一直到“文化大革命”的爆发。当批判吴晗的《海瑞罢官》是“大毒草”，是为复辟中国的资本主义道路鸣锣开道的时候，吴晗承受着巨大的压力。而他最担心袁震因此受到连累，劝她回光化老家隐居起来。袁震却坚决地说：“即使天塌下来，我也要和你在一起！我们不求同生，但求同死！”

吴晗袁震同甘共苦二十余年。由于袁震身患重病，不能生育，可他们又希望有自己的孩子。根据康克清大姐的建议，吴晗从孤儿院抱回了一个小女孩，取名吴小彦。后又从孤儿院抱了个男孩，取名吴彰。一对子女活泼可爱，给生活增添了情趣，四口之家温暖幸福，其乐融融。

1969年春，当吴晗在狱中被迫害时，袁震被打入“劳改队”，后因病去世；同年10月10日，吴晗也在狱中被迫害致死。其女儿吴小彦也在狱中自杀身亡。

1986年4月27日，吴晗像在清华大学近春园“晗亭”北侧落成。该像由中央美术学院教授张得蒂设计制作，为青色花岗岩质，像高2.8米，座上刻有吴晗生平事略。

结语

《米粮库胡同往事》就要进入尾声了，凝神静思，简直令人难以置信。历史上那些令人仰慕的文化精英就曾在这里工作和生活，使米粮库这条原本普通的胡同，越发显得沉静幽深；名人大师所留下的足迹和身影，更显得鲜活珍贵；那挥之不去的文化之魂，生命之魂，弥漫在胡同中的房前屋后，馨香四溢。

当年同堂相聚的文化精英们，由于历史上战乱之故，分崩离析，各奔东西。当年日日厮守的同人、师友、学生、战友，甚至连父子都终生未能相见；斯人已逝，一些文化前辈客死他乡，不仅是人间悲剧，也是人生不可挽回的憾事。回头望，静心想，是非功过，难以尽述。唯有对真理的不懈追求，对科学的探索，对幸福生活的渴望，构成了多姿多彩的绚丽人生，为北京胡同文化增添了深邃的历史内涵，谱写了人人传诵的不朽篇章。

正如作家汪兆骞所言："北京的胡同和四合院堪称一部地方志、文化史。在一条条消失或侥幸留下的胡同中，曾留下无数文化精英的足迹。"

后记

2016年11月，我突然接到杨良志老师的电话，说北京出版社有个老北京“米粮库”的选题，问我能不能写作成书。我当时回复杨老师说，让我先想想吧。

放下电话，我就想，我与杨老师素未谋面，相互间谈不上了解，他怎么会找我写米粮库呢？后来我才知道，是杨老师在参与《当代北京社会生活史话丛书》工作时，对我的写作方向有所了解，所以才找到了我。

1967年，我在“复课闹革命”的口号声中，走进了米粮库小学。从此，我在米粮库胡同“行走”六年，直至1972年小学毕业。当时胡同里有我许多同学，虽说我对这里的一门一户都很熟悉，但却对米粮库胡同的历史一无所知。

那个年代，我们的课桌上只有一本教材——《毛主席语录》。每天早晨第一节课都是背诵“老三篇”“新三段”，每个人都能倒背如流，甚至能准确地说出哪篇文章在第几页。那是个知识贫瘠的年代，对文化知识的嘲笑和蔑视，充斥在学习和生活中的方方面面。于是，我们的小学校“可怜”到家徒四壁，除去墙上的大字报，就是回响在耳边的革命口号。

记忆中，从未在学校里见过一本课外书（“红宝书”除外）；在几百平方米的操场上，除了墙旮旯有个又脏又臭的茅房，再就是戳着个锈迹斑斑的单杠，还有个开批判大会用的土台子（“主席台”）。那个年代，我们有大把的时间去挥霍，下午经常不上课。闲极无聊，同学们凑到一起，常问的一句话就是：去哪玩儿？玩什么？

那个年代，连扑克牌都是“封资修”，还能有什么可玩儿的。有一天，大家突发奇想，一致赞同玩儿最刺激的“游戏”——上房捉迷藏。至今我还清楚地记得，那个同学叫赵五明，家就住在米粮库胡同。玩儿的项目定下之后，我们便纷纷蹿入同学家。

大家先从他家院里的枣树开始爬，至一定的高度后伸脚登上墙头，再从墙头爬上山墙，然后再爬到房顶。那时老北京的平房院落几乎是房连房，院儿连院儿（很少有楼房），站在房顶的屋脊上，极目远眺，绿树灰瓦，甚为壮观。

赵五明指着相邻的院子悄声说，看，那就是大官儿家。我们顺着他手指的方向望去，院子里，柿子树上挂着大黄柿子；印象最深的还有个大玻璃房子。同学说，那是大官洗澡晒太阳用的。后来，我们才知道，这个大官儿就是陈伯达。

当时，陈伯达是中央“文革”领导小组组长，以后又知道他原来是个“大坏蛋”。再以后，这个院子又重新进行了翻建，1977年，中国改革开放的总设计师邓小平成了这座宅院的新主人。

告别了童年时代，我们在中学又经历了“白卷先生”“反潮流小将”以及柳下跖怒斥孔老二等运动。这些在我的脑海里留下了难以磨灭的烙印，历史上的好人少之又少……心目中崇拜的英雄人物，只有农民起义军的将领李自成。于是，在长大成人之后，不断地探究历史的本来面目，并重点关注北京城历史和胡同文化。特别是对我从小长大的地安门及周边胡同，更是兴趣盎然。为此不知读了多少书，“串”了多少胡同。

转瞬间，五十多年过去了，我也是年过半百的人了。在我二十多年的记者生涯中，虽然走南闯北，饱览祖国大好河山，但我依旧钟情于老北京、老胡同。于是，我便一头扎进胡同之中，常常为那些多姿多彩的人物兴奋和激动，也为此懊悔、自责和愧疚。

就说懊悔吧，由于我“醒悟”得晚，致使很多有故事的人物已经离我而去。当年，这些见证历史的老街坊，就生活在我们中间。像住在胡同里的董爷爷（董翰堂），曾任国民党少将军医处长，做过吉鸿昌的私人医生，参加过台儿庄战役，随傅作义部在北平起义。曾经有段时间我经常与董爷爷聊天，了解了许多历史人物和历史事件，但却没有留下翔实的文字。还有我们胡同里的邻居叶君健、钟赤兵将军、唐天际将军、毓逖都统等，这些历史的活化石，就这样在我的身边默默地消失了。

2016年，我曾与胡同中一位九十多岁的老人聊天，老人家说，你别小看胡同里的平民百姓，五行八作，干什么的都有，我们家亲戚就是故宫里糊窗户的，那也是见多识广啊。老人的话语令我感触良多。是啊，北京的胡同里真是藏龙卧虎。于是，我又将目光转向百姓人家。

近年来，老北京的胡同正在消失，老北京的“原住民”在日益减少。试想，如果没有“原住民”的存在，老北京的文化就失去了意义，其现存的胡同也就名存实亡了。在采访中发现，胡同里的“老北京”已经越来越少。外地来京的打工者，为了图廉价房租，纷纷挤在胡同院落之中，致使其环境、治安之乱差，令“原住民”苦不堪言。老北京旧有的风俗礼节，人情世故，乐于助人的品质，有不少已经消失得无影无踪，老北京的魂儿正在逐渐丢失，老北京的味道越来越淡，老北京的亲情竟成为奢望。

在走街串巷之中，经常遇到外地来京务工者，骑着人力三轮车，拉着外地或外国游客，穿行在胡同之中观光游览；最要命的是他们还兼做导游。听着他们对老北京胡同的介绍，我恨不得将三轮车上的游客拉下车说，我来为你免费讲解吧！他们这些“导游”，多是道听途说，以讹传讹。

这些耳闻目睹的现状，促使我更加专注于老北京胡同的研究和写作。近年来，我已撰写并出版了关于地安门的著作《地安门的前世今生》和《地安门史话》，以及有关老北京地方剧的专著《当代北京曲剧史话》。此外，近两年还在《北京晚报》《北京青年报》《当代北京研究》等报刊上，发表了十余篇研究介绍北京胡同历史的文章，主题都是围绕着地安门及周边胡同的。

记者朋友谢燕辰对我开玩笑说，你这个地安门可没白住啊，写了这么多东西。我想，通过这次《米粮库胡同往事》的写作，我更加感受到了老北京胡同历史的深邃和魅力。所以，我下决心还要继续写下去，奉献给那些热爱北京胡同的朋友。

最后我要感谢杨良志老师对我的信任，给我提供了这个写作的机会，以及在写作过程中的具体指导。同时也感谢北京出版集团安东总编辑的鼓励与支持，感谢责任编辑司徒剑萍和魏晋茹对拙作一字一句地推敲斟酌和勘正。同时，我还要感谢这些年帮助和支持我的新老朋友，不能一一提到了。

由于自己学识所限，在写作中不免有疏漏或谬论，敬请各方大家指正为盼。

2017年4月于北京西直门

主要参考书目

1. （清）震钧：《天咫偶闻》，北京古籍出版社，1982年版
2. 凌宇编：《沈从文散文选》，人民文学出版社，1982年版
3. 石原皋：《闲话胡适》，安徽人民出版社，1985年版
4. 凌宇：《沈从文自传》，北京十月文艺出版社，1988年版
5. 金受申：《老北京的生活》，北京出版社，1989年版
6. 陈宗蕃：《燕都丛考》，北京古籍出版社，1991年版
7. 白吉庵：《胡适传》，人民出版社，1993年版
8. 萧南选编：《我的朋友胡适之》，四川文艺出版社，1995年版
9. 徐剑：《本真诗人·梁宗岱》，山东画报出版社，1998年版
10. 欧阳哲生选编：《追忆胡适》，社会科学文献出版社，2000年版
11. 北京市政协文史资料委员会选编：《杏坛忆旧》，北京出版社，2000年版
12. 西南联合大学北京校友会编：《第二条战线的功臣袁永熙》，中国工人出版社，2001年版
13. 韩石山：《徐志摩传》，北京十月文艺出版社，2001年版
14. 胡不归、毛子水、吴相湘：《胡适传记三种》，安徽教育出版社，2002年版

15. 张清常：《北京街巷名称史话》，北京语言大学出版社，2004年版
16. 北京市政协文史资料委员会编：《名人与老房子》，北京出版社，2004年版
17. 唐德刚：《胡适杂忆》，广西师范大学出版社，2005年版
18. 唐德刚：《胡适口述自传》，广西师范大学出版社，2005年版
19. 北京市西城区档案馆：《北京西城往事》（一），作家出版社，2005年版
20. 朱家溍：《什刹海梦忆》，凤凰出版传媒集团，2006年版
21. 邓云乡：《旧京散记》，凤凰出版传媒集团，2006年版
22. 温源宁：《我的朋友胡适之：现代文化名人印象记》，辽宁教育出版社，2006年版
23. 北京市西城区档案馆：《北京西城往事》（二），中国文史出版社，2007年版
24. 傅华主编：《北京西城文化史》，北京燕山出版社，2007年版
25. 北京市西城区档案馆：《北京西城往事》（三），中国文史出版社，2008年版
26. 王彬、徐秀珊主编：《北京地名典》，中国文联出版

社，2008年版
27. 林语堂：《大城北京》，陕西师范大学出版社，2008年版
28. 苑茵：《往事重温——叶君健和苑茵的人生曲》，华东师范大学出版社，2008年版
29. 金启孮：《金启孮谈北京的满族》，中华书局，2009年版
30. 马亮宽、李泉：《傅斯年传》，红旗出版社，2009年版
31. 马勇：《蒋梦麟传》，红旗出版社，2009年版
32. 代明、李玉兰：《民国遗迹在北京》，北京燕山出版社，2009年版
33. 朱光潜：《无言之美》，凤凰出版传媒集团，2010年版
34. 曾庆瑛：《陈垣和家人：新会陈氏三代史家》，北京师范大学出版社，2010年版
35. 陶方宣编著：《胡适的圈子》，山东画报出版社，2010年版
36. 庄士敦：《紫禁城的黄昏》（上、下册），故宫出版社，2010年版
37. 溥仪：《我的前半生》，群众出版社，2011年版
38. 罗尔纲：《师门五年记》，生活·读书·新知三联书店，2012年版
39. 翁偶虹：《北京话旧》，百花文艺出版社，2012年版

40. 允丽：《外家纪闻——启功先生外祖家的事》，文物出版社，2012年版
41. 启功：《启功自传》，北京师范大学出版社，2013年版
42. 汪兆骞：《春明门内客——北京老宅院里的文化名人》，中华书局，2013年版
43. 顾寒山：《那座城里的旧时光》，北京联合出版公司，2013年版
44. 丁文江：《丁文江自述》，安徽文艺出版社，2014年版
45. 徐志摩：《徐志摩自述》，安徽文艺出版社，2014年版
46. 郭京宁：《穿越皇城》，上海古籍出版社，2014年版